Monica Murphy adore écrire des histoires de garçons et de baisers. Elle raffole des livres qui parlent de garçons et de baisers. Heureusement, son obsession lui laisse parfois un peu de répit, et elle coule des jours paisibles en Californie, en compagnie de son mari et de ses enfants.

Ce livre est également disponible
au format numérique

www.milady.fr

Monica Murphy

UNE SEMAINE AVEC LUI

Traduit de l'anglais (États-Unis) par Benjamin Mallais

Milady

Milady est un label des éditions Bragelonne

Titre original : *One Week Girlfriend*
Copyright © 2013 by Monica Murphy
Tous droits réservés.
Publié avec l'accord de Bantam Books, une maison d'édition du groupe Random House Publishing, un département de Random House, LLC.

Les personnages et événements de ce livre sont les produits de l'imagination de l'auteur ou utilisés de manière fictive.
Toute ressemblance avec des personnes, lieux ou événements existant ou ayant existé serait purement fortuite.

© Bragelonne 2014, pour la présente traduction

ISBN : 978-2-8112-1175-2

Bragelonne – Milady
60-62, rue d'Hauteville – 75010 Paris

E-mail : info@milady.fr
Site Internet : www.milady.fr

Remerciements

Je dédie ce livre à E., mon amie et critique, qui a adoré la lettre que Drew a adressée initialement à Fable (je pourrais peut-être publier un jour cette missive romantique), mais qui a eu une bien meilleure idée. Tu m'as sauvé la vie maintes fois et, pour cela, je te serai toujours dévouée. À mon mari et à mes enfants, qui me soutiennent au cours des longues journées que je passe devant mon ordinateur et à tous les lecteurs et lectrices qui ont pris le risque d'acheter ce modeste roman où il est question de la rencontre d'un garçon et d'une fille aux vies brisées, je dis merci.

« Lorsque je t'ai vue, je suis tombé amoureux
et tu as souri parce que tu as compris. »
Arrigo Boito.

Temporaire.
Ce mot décrit à merveille les dernières années de ma vie. J'ai un job temporaire jusqu'à ce qu'enfin je parvienne à m'en libérer. Je suis temporairement la mère de mon petit frère depuis que ma mère a décidé de nous abandonner. Et je suis la fille temporaire que tous les mecs désirent parce que j'ai la réputation d'être facile.
Mais, à présent, je suis la petite amie temporaire de Drew Callahan, le héros de l'équipe de football de la fac, un mec en or. Il est beau, tendre et mystérieux – il a bien plus de choses à cacher que moi. Il m'a ouvert les portes de son petit monde de faux-semblants, un monde superficiel où tous semblent me détester. Et avoir l'air de vouloir lui soutirer quelque chose. Quant à lui, la seule chose qu'il semble désirer, c'est…
Moi.
Je ne sais plus quoi penser. Tout ce dont je suis sûre, c'est que Drew a besoin de moi. Je veux être là pour lui.
À jamais.

Prologue

Jour 6, 23 heures

Grisée.

Ce mot résonne sans relâche dans mon crâne. Il décrit parfaitement mon état émotionnel du moment. Grisée par tes mots tendres qui me brisent le cœur, tes bras musclés et experts et tes douces lèvres délicieusement tièdes. Grisée… par cette vie d'illusions dans laquelle j'ai plongé à corps perdu.

Et tu sais quoi ? J'aime ça. J'adore ça. Même si je sais au fond de moi que c'est un mensonge. Que la manière dont tu me parles, dont tu me regardes, dont tu me touches, dont tu m'embrasses… n'a pour but que de faire illusion. À tes yeux, je me réduis à ma fonction protectrice, mais je m'en moque. J'ai envie de te protéger.

J'ai envie de toi.

Ce que je ne comprends pas, c'est pourquoi on est ici, maintenant. Je suis dans ton lit et on est à moitié nus, bras et jambes entrelacés, le drap qui glisse de nos corps parce que notre peau est brûlante. J'ai l'impression d'être en train de me consumer. Tu n'arrêtes pas de m'embrasser et de me murmurer à l'oreille combien tu as envie de moi – et j'ai envie de toi, moi aussi –, mais cette petite voix entêtante me rappelle qu'il ne nous reste plus qu'un seul jour à passer ensemble avant de retourner à la vie réelle.

Dans laquelle tu m'ignores autant que je t'ignore. Tu auras eu ce que tu voulais : choquer tes parents et tes voisins afin qu'ils cessent de te harceler. Et j'aurai eu ce que je voulais, cet argent que tu m'as promis pour « supporter tes conneries pendant sept jours », comme tu l'as formulé, et qui me permettra de prendre soin de mon petit frère pendant un temps. Nos vies respectives reprendront alors leurs cours.

Dans cette existence-là, tu me détestes autant que je te déteste.

Ce sera un mensonge. J'aurais pu te haïr avant cette histoire, mais à présent…

Je crois que je suis en train de tomber amoureuse de toi.

Chapitre premier

Quatre jours avant l'heure H...

Drew [conjugaison du verbe anglais draw] : amener à soi, par une force ou une influence inhérente ; attirer.

Je l'attends devant le bar, adossé au bâtiment de brique brute, les mains profondément enfoncées dans les poches de mon sweat-shirt, les épaules voûtées pour me protéger du vent. Il fait un froid de canard et les nuages bas obscurcissent le ciel. Il n'y a ni étoiles ni lune en vue. Flippant, surtout quand je pense que je suis tout seul dehors.

S'il se met à pleuvoir avant qu'elle ait terminé son service, j'abandonne. Je me tire. Pas besoin de ces conneries.

La panique me submerge et je respire à fond pour me calmer. Je sais pertinemment que je ne peux pas me tirer. J'ai besoin d'elle. Je ne la connais même pas et elle ne sait pas non plus qui je suis, mais je ne survivrai pas sans elle.

Je me fiche de savoir si ça me fait passer pour une gonzesse, c'est la vérité.

Il n'est pas question que je sois seul pour affronter la semaine prochaine.

La musique du petit bar est à plein volume et j'entends les rires et les éclats de voix des gens qui s'y trouvent. Je pourrais jurer que j'ai reconnu plus d'une voix. Les fêtards passent un bon moment. On est en pleine période de partiels et la plupart d'entre nous devraient être en train de réviser. Frigorifiés à la bibliothèque ou penchés sur nos bureaux, la tête dans un bouquin ou arc-boutés sur nos ordinateurs portables, à relire des notes, rédiger des devoirs et autres foutaises.

Au lieu de cela, la plupart de mes amis sont dans ce bar, ronds comme des queues de pelle. Personne n'a l'air de se soucier du lendemain. On est seulement mardi et il y a encore trois jours de tests et de devoirs à rendre. C'est l'heure de vérité, mais tout le monde a l'esprit occupé par les vacances qui approchent à grands pas. La plupart d'entre nous se tirent du trou paumé où se trouve notre université.

Comme moi. Samedi après-midi, je me casse d'ici. Mais, à vrai dire, je n'en ai aucune envie. Je préférerais rester.

Malheureusement, je ne peux pas.

Elle finit son service à minuit. J'ai demandé à l'une des autres serveuses qui bossent au *Room* quand je me suis glissé en douce dans le bar, un peu plus tôt dans la soirée, avant que les clients commencent à affluer. Elle était en train de travailler en cuisine, alors elle ne m'a pas vu. C'est mieux comme ça.

Je ne voulais pas qu'elle me remarque. Pas encore. Et mes prétendus amis n'ont pas besoin de connaître mes plans. Personne n'est au courant de mon projet. J'ai peur que quelqu'un ne me persuade de l'abandonner.

Comme si j'avais quelqu'un à qui le raconter. J'ai beau avoir l'air d'être entouré de plein de gens que j'appelle mes amis, je ne suis proche de personne. Je n'en ai pas envie. Être trop proche de quelqu'un, ça attire les emmerdes.

La vieille porte en bois s'ouvre en grinçant sur ses gonds et le bruit de la salle retentit et m'arrive en pleine face comme une rafale de vent. Lorsqu'elle émerge dans l'obscurité, elle fait claquer la porte derrière elle et le son se répercute dans le silence de la nuit. Elle est emmitouflée dans une veste rouge bouffante qui lui recouvre le buste presque entièrement, faisant paraître extrêmement longues ses jambes gainées dans des collants noirs.

En m'éloignant du mur, je m'approche d'elle :
— Salut.

Le coup d'œil méfiant qu'elle me jette en dit long sur ce qu'elle pense de moi.

— Je ne suis pas intéressée.

Hein ?

— Mais je ne t'ai encore rien demandé.

— Je sais très bien ce que tu veux.

Elle s'éloigne et je me mets à la suivre. À la poursuivre, même. Je n'avais pas prévu ça.

— Vous êtes tous les mêmes. Vous pensez que vous pouvez m'attendre ici pour me coincer. Pour me piéger. Ma réputation surpasse de très loin tout ce que j'ai pu faire avec tes amis, me lance-t-elle par-dessus son épaule en forçant l'allure.

Elle est sacrément rapide pour une si petite chose.

Attends une minute. Qu'est-ce qu'elle entend par là ?

— Je ne cherche pas un coup d'un soir.

Elle éclate d'un rire cassant.

— Pas besoin de mentir, Drew Callahan. Je sais ce que tu me veux.

Au moins, elle sait qui je suis. Je l'attrape par le bras juste avant qu'elle ne traverse la rue, la coupant dans son élan. Elle se tourne vers moi et me lance un regard mauvais. Je sens des fourmillements dans mes doigts, même si j'effleure seulement le tissu de son manteau.

— Qu'est-ce que tu crois que j'attends de toi ?

— Du sexe.

Elle lâche le mot, ses yeux verts plissés, ses cheveux blond pâle luisant sous la lumière d'un réverbère.

— Écoute, j'ai mal aux pieds et je suis épuisée. Si tu as envie de coucher avec moi, tu as choisi le mauvais soir.

Je suis complètement décontenancé. Elle s'exprime comme une prostituée à deux sous et elle se comporte comme si j'espérais qu'elle m'administre une pipe express dans un recoin sombre.

Mon regard s'attarde sur son visage avant de s'arrêter sur sa bouche. Elle est divine. Pour être honnête, avec ses lèvres pleines et sensuelles, elle doit sûrement avoir des talents exceptionnels en matière de fellation, mais ce n'est pas pour ça que je suis ici.

Ce qui me pousse à me demander combien de mes coéquipiers ont couché avec elle. C'est vrai, si je lui parle, c'est uniquement à cause de cette réputation à laquelle elle fait allusion. Mais je ne veux pas acheter des faveurs sexuelles.

J'essaie d'acheter sa protection.

Fable [nom] : histoire qui n'est pas fondée sur des faits ; contre-vérité ; faux-semblant.

Drew Callahan, l'enfant chéri du campus, est agrippé à mon bras comme s'il n'allait jamais me lâcher. Il me rend nerveuse. Avec son mètre quatre-vingt-cinq et ses épaules qui le font paraître massif comme une montagne, il est gigantesque. Étant donné qu'il joue dans l'équipe de foot, il n'y a pas de quoi s'étonner. J'ai déjà embrassé plusieurs mecs de son équipe. Ils sont tous grands et musclés.

Mais aucun d'entre eux n'est parvenu à faire chavirer mon cœur simplement en me retenant par le bras. Je n'aime pas ma réaction à son contact. D'habitude, personne n'arrive à me troubler ainsi.

Rassemblant toutes mes forces, je me dégage de son étreinte et je m'éloigne de quelques pas, mettant une distance rassurante entre lui et moi. Une lueur implorante traverse son regard et j'ouvre la bouche, prête à lui dire d'aller se faire voir, mais il est plus rapide que moi.

—J'ai besoin de ton aide.

Les sourcils froncés, je pose les mains sur mes hanches. L'opération se révèle difficile à cause de cette veste bouffante à la con. Il fait froid et la jupe courte que je porte pour travailler laisse un courant d'air remonter le long de mes jambes. Heureusement que je porte des collants en laine, même si mon patron les déteste. Il prétend qu'ils ne sont pas sexy.

Mais quand il est question de sensualité, je me fiche éperdument de son avis. Mes pourboires sont toujours bons. J'ai plus de cent dollars dans mon sac, ce soir. Même s'ils sont déjà dépensés.

L'argent que je gagne est toujours dépensé avant même que je l'aie entre les mains.

— Je vois mal en quoi je peux t'aider…

Il jette un regard alentour, comme s'il avait peur que quelqu'un ne nous surprenne. Rien d'étonnant. La plupart des mecs ne veulent pas être vus en public avec moi.

Parfois, c'est vraiment naze, d'être la fille facile du campus. Surtout que je ne suis même pas dans cette fac à la con.

— On pourrait peut-être aller quelque part pour discuter, me suggère-t-il en esquissant un sourire.

Je suis certaine que les autres filles fondraient littéralement devant son sourire et son regard envoûtants. Avec son air ténébreux, ses cheveux noirs et ses beaux yeux bleus, il a un visage magnifique et il en est parfaitement conscient.

Mais je ne suis pas les autres filles. Je ne me laisse pas avoir par ce genre de foutaises.

— Je ne vais nulle part avec toi. Si tu as quelque chose à me dire, rien ne t'empêche de t'exprimer ici. Et fais vite, parce que je dois rentrer chez moi.

Je suis presque sûre que ma mère n'est pas à la maison et que mon petit frère est tout seul.

Ça ne présage rien de bon.

Il soupire lourdement, l'air agacé. Je m'en fiche. Je n'ai pas de temps à perdre. Pourtant, je suis curieuse et j'ai besoin de savoir ce qu'il a à me dire. Juste pour pouvoir le savourer plus tard.

Drew Callahan ne parle pas aux filles comme moi. Je ne suis qu'une nana du coin, qui a eu le malheur de naître dans ce trou paumé. Lui, c'est le quarterback de l'équipe de football universitaire en tête du championnat. C'est une superstar, très en vogue, avec un tas de fans et tous les avantages de la célébrité. Il va peut-être même jouer en NFL !

Quant à moi, j'ai un job pourri et du mal à boucler les fins de mois. Ma mère est une alcoolique qui couche à droite et à gauche, et mon petit frère commence à avoir des ennuis à l'école. Nos mondes sont tellement différents que je n'ai pas la moindre idée de la raison pour laquelle il s'adresse à moi.

— Les vacances de Thanksgiving commencent la semaine prochaine, lance-t-il, ce qui me fait lever les yeux au ciel.

Ouais. Et j'en suis bien contente. Tout le monde va se tirer de cette ville et le bar sera presque vide, ça me facilitera la tâche.

— Et alors ?

— Il faut que je rentre chez moi.

Il marque une pause. Il détourne le regard et un frisson de malaise me parcourt l'échine. Je ne vois pas en quoi ça me concerne.

— Je veux que tu viennes avec moi.

Ça, je ne m'y attendais pas.

— Hein ? Pour quoi faire ?

Il me regarde droit dans les yeux.

— Je veux que tu fasses semblant d'être ma petite amie pendant une semaine.

Je suis bouche bée. J'ai l'impression d'être un poisson hors de l'eau. J'ouvre et je ferme la bouche, mais aucun son n'en sort. Comme si je cherchais mon souffle, ce qui est exactement ce que je suis en train de faire.

— Tu plaisantes ?!

Il secoue lentement la tête.

— Pas du tout.

— Pourquoi moi ?

— Je…

Il secoue de nouveau la tête et presse ses lèvres l'une contre l'autre, comme s'il ne voulait pas terminer sa phrase.

— Je te paierai.

Je croise les bras. Ils sont surélevés à cause de ce manteau à la noix. Je le déteste, mais c'est le plus chaud que je possède. J'ai l'impression de ressembler à un dirigeable.

— Je ne suis pas à vendre.

— Écoute, je ne te paierai pas pour quoi que ce soit de… sexuel.

Sa voix baisse d'une octave et j'en ai des frissons. Il vient de prononcer ces mots d'une manière extrêmement sensuelle sans même le vouloir.

— J'ai juste besoin que tu fasses semblant de sortir avec moi. On n'aura pas à partager de chambre ou quoi que ce soit dans le genre. Je ne vais rien tenter, mais il faudra qu'on ait l'air d'être ensemble, tu vois ce que je veux dire ?

Je ne réponds pas. Je veux qu'il poursuive pour pouvoir me remémorer plus tard que ce foutu Drew Callahan m'a suppliée de faire semblant d'être sa petite amie. Cet instant ne pourrait pas être plus surréaliste qu'il ne l'est déjà.

— Je sais que tu as une vie et plein de choses à faire. Ce ne sera sûrement pas facile pour toi de tout planter pour m'accompagner pendant une semaine, mais je te promets de faire en sorte que ça vaille le coup.

Après cette dernière remarque, il me semble que je ne vaux pas mieux qu'une pute au rabais, celle que tous les mecs décrivent lorsqu'ils se vantent d'avoir passé la soirée avec moi. Je ne mérite pas ma mauvaise réputation, et les histoires qui circulent à mon sujet sont révoltantes. Mais je ne me fatigue pas à rétablir la vérité, ça ne servirait à rien.

— Combien ça me rapporterait ?

Son regard est rivé au mien. Je suis piégée. Un frisson d'appréhension me parcourt le dos tandis que j'attends sa réponse.

— Trois mille dollars.

Chapitre 2

Deux jours avant l'heure H...

« Pour une fois, je sais ce que ça fait d'être le choix numéro un de quelqu'un. » Fable Maguire

Fable

Je n'arrive toujours pas à croire que j'ai accepté. Mais je ne pouvais pas laisser passer une occasion à trois mille dollars. Et Drew le sait parfaitement. Au moment où ce chiffre a franchi ses lèvres parfaites, il savait que j'étais à sa merci. Malgré ma méfiance et mon inquiétude quant à la manière dont j'allais pouvoir quitter la ville une semaine sans que mon monde s'écroule en mon absence, j'ai accepté sans hésiter.

Il faut croire que je suis vénale. Je ne peux pas me permettre de laisser passer ce genre d'occasions et ça me met mal à l'aise.

Même si je me dis que je le fais pour ma famille. Pour Owen, mon frère. Il n'a que treize ans et je n'aime pas l'homme qu'il est en train de devenir : un petit caïd. Il est gentil. Il a bon cœur, mais il s'est acoquiné avec un groupe de lascars à l'école et il multiplie les conneries : il sèche les cours, vole à l'étalage et fume de l'herbe. Je l'ai senti sur ses vêtements.

Notre mère s'en contrefiche. Je suis la seule à m'en soucier. Et voilà que je me barre pendant sept jours. Il sera en vacances seulement la moitié de la semaine, mais c'est suffisant pour qu'il s'attire des ennuis.

Le battement de tambour qui martèle ma poitrine est presque insupportable.

— Pourquoi tu dois partir ?

Je prends le sac de toile que personne n'a utilisé depuis des lustres sur l'étagère supérieure du placard et je le jette sur le lit de ma mère. Un nuage de poussière s'élève lorsqu'il vient heurter le matelas.

— Je reviendrai vite.

— Une semaine, Fable ! Tu vas me laisser ici tout seul avec maman pendant sept jours, putain !

Owen se laisse tomber sur le lit à côté du sac et les particules de poussière suspendues dans l'air le font tousser.

— Arrête de jurer.

Je lui donne une tape sur le genou et il roule sur lui-même en poussant un cri de douleur exagéré.

— C'est un boulot un peu spécial qui va me rapporter beaucoup d'argent. On passera un bon Noël.

— J'en ai rien à foutre, de Noël.

Je le fusille du regard et il marmonne des excuses. Depuis quand est-ce qu'il se permet de jurer comme ça devant moi ? Qu'est devenu le petit frère geignard qui m'adulait et me suivait partout où j'allais ?

—Et quel genre de boulot rapporte autant d'argent en une semaine ?

Le sarcasme dans sa voix est palpable. Il est trop jeune pour ça – non, pas si jeune que ça, il ne faut pas se voiler la face –, mais j'espère qu'il ne me soupçonne pas de me prostituer.

En tout cas, moi, c'est bien l'impression que j'ai.

Je me triture les méninges en essayant de trouver une excuse. Je ne peux pas avouer la vérité à Owen. Je ne lui ai pas dit combien d'argent j'allais gagner. Il sait simplement que c'est un gros paquet. Je n'ai rien révélé à ma mère non plus. De toute façon, elle s'en fout éperdument. Je ne l'ai pas vue depuis plus de vingt-quatre heures, mais elle a un nouveau mec ; elle est sûrement avec lui.

—Je vais jouer les nounous pour une famille pendant que les parents partent en vacances pour Thanksgiving. Ils ont trois enfants.

Le mensonge m'est venu avec une telle aisance que j'en suis effrayée.

Ce petit con d'Owen se met à rire.

—Tu vas faire la nounou ?! Mais tu détestes les enfants !

—Ce n'est pas vrai.

Il a raison, bien sûr.

—La famille est très gentille.

Je ne sais pas du tout si les Callahan sont gentils.

— Et je serai logée dans une grande maison.

Drew m'a dit que sa famille vivait à Carmel. Je n'y suis jamais allée, mais j'en ai entendu parler. J'ai fait quelques recherches sur Google à la bibliothèque et j'ai vu des photos. L'endroit a l'air magnifique. Et particulièrement cossu.

En un mot, effrayant.

— Je parie que tu n'auras pas envie de partir.

Owen se redresse et passe les doigts sur le dessus du sac, laissant une marque dans la poussière.

— Tu vas avoir l'air d'une pauvre de mes deux, si tu te pointes avec ce sac à la con.

— J'ai rêvé ou tu viens de me traiter de pauvre de mes deux ?!

Je n'arrive pas à me sentir indignée parce que c'est la vérité. Je vais avoir l'air ridicule, avec ma modeste garde-robe et mon sac de toile déchiré et poussiéreux. Sa famille va se moquer de moi. Drew aussi, probablement. Puis il va me glisser un billet de cinquante dollars dans la main et me déposer à la gare routière parce qu'il va se rendre compte rapidement que je suis le pire simulacre de petite amie qu'on puisse avoir.

— Ça se pourrait, réplique Owen avec un sourire narquois. J'espère que ça vaut la peine que tu partes.

Pendant un instant, je suis saisie d'effroi, mais je m'ébroue pour chasser cette impression.

— Je te le promets.

— Et si maman disparaît ?

L'espace d'une seconde, je revois l'Owen d'autrefois. Le petit garçon qui compte sur moi et me considère comme sa mère, ayant compris qu'on ne pouvait pas compter sur la nôtre.

— Elle ne t'abandonnera pas.

J'ai déjà eu une discussion avec elle et j'en aurai une autre avant de partir. Elle a besoin que je la houspille constamment, comme si j'étais sa mère.

— Je lui ferai promettre de rentrer à la maison tous les soirs.

— Il vaudrait mieux. Sinon, je t'appelle et je te supplie de rentrer.

Il affiche de nouveau son sourire insolent.

— Je te traiterai peut-être encore de pauvre de mes deux et tu seras tellement énervée que tu reviendras juste pour me botter le cul.

Cette fois, c'en est trop. Je l'attrape et me mets à le chatouiller ; mes doigts lui taquinent les côtes et son rire m'emplit de joie.

— Arrête ! s'écrie-t-il, hors d'haleine, entre deux éclats de rire. Laisse-moi tranquille !

À cet instant précis, je pourrais presque oublier à quel point notre vie est merdique.

Presque.

Drew

— Donc, tu ramènes quelqu'un à la maison.

Mon père pose sa main sur le micro du combiné, mais je parviens quand même à l'entendre.

— Adèle, Drew ramène quelqu'un à la maison pour Thanksgiving !

Je grimace. J'aurais aimé éviter que mon père n'en parle à ma belle-mère, en particulier alors que je suis encore au téléphone avec lui. Elle aurait fini par l'apprendre, mais j'espérais que ce serait le plus tard possible.

— Comment est-ce qu'elle s'appelle ?

J'ai entendu sa voix. Elle n'a pas l'air contente. Je sens tous les muscles de mon corps se tendre.

— Fable, dis-je à mon père avant même qu'il n'ait le temps de relayer la question d'Adèle.

Il est resté si longtemps silencieux que j'ai cru qu'il avait raccroché, mais j'ai entendu Adèle murmurer derrière lui.

— Alors, Andy ? Elle s'appelle comment ?

On dirait une mégère jalouse. C'est probablement le cas.

— C'est un surnom ? me demande mon père.

— Non, c'est son vrai nom.

Je n'ai pas d'explication à offrir. Je connais à peine Fable Maguire. Je sais que c'est une fille du coin, qu'elle a vingt ans, un petit frère, et qu'elle travaille dans un bar.

Elle a aussi de beaux cheveux blond pâle, les yeux verts et de jolis seins. Mais je ne vais pas raconter ça à mon père. Le connaissant, je sais qu'il se fera sa propre idée.

Des sons étouffés me parviennent de nouveau et je devine qu'il est en train de répéter à Adèle le nom de Fable. J'entends son rire. Quelle salope ! Je la déteste. Ma mère est morte quand j'avais deux ans. Je n'en ai aucun souvenir, mais j'aimerais bien. Mon père a commencé à fréquenter

Adèle quand j'avais huit ans et il l'a épousée quand j'en avais onze.

C'est la seule mère que j'aie jamais connue et je ne veux pas d'elle. Elle le sait.

— Eh bien, amène ta petite Fable à la maison, elle est la bienvenue.

Mon père marque une pause et je me crispe, inquiet à l'idée de ce qui va suivre.

— Tu n'es pas du genre à avoir une petite amie fixe.

— Cette fois, c'est différent.

Ou plutôt : elle est tout le contraire du genre de fille avec laquelle ils s'attendent à me voir. À mes yeux, Fable est la candidate parfaite.

— Tu es amoureux d'elle ? demande mon père avant de baisser la voix. Adèle veut savoir.

Je sens la colère monter en moi. Je ne vois pas en quoi ça la regarde.

— Je ne sais pas. C'est quoi, l'amour, de toute façon ?

— On croirait entendre un vieux blasé.

Pour ça, j'ai été formé à bonne école. Mon père est excessivement froid. Je ne me rappelle plus la dernière fois où je l'ai vu donner un baiser à Adèle ou la prendre dans ses bras. En tout cas, moi, il ne m'embrasse pas. Et, s'il essayait, je ne le laisserais pas faire.

— Ouais, eh bien, ça fait un moment qu'on sort ensemble, mais je ne sais pas.

Je hausse les épaules, puis je me souviens qu'il ne peut pas me voir et je me sens idiot.

— Tu n'en avais jamais parlé, avant.

— Qu'est-ce que c'est que ces questions ? Un interrogatoire en règle ?

Je commence à être mal à l'aise parce que je mens. Je n'ai pas parlé à Fable de la journée et on est jeudi soir. On part samedi après-midi. Il faut qu'on se voie et qu'on accorde nos violons, même si je suppose qu'on aura le temps de peaufiner les détails dans la voiture, pendant le trajet de quatre heures.

J'ai la gorge sèche à l'idée de me retrouver seul avec Fable dans mon pick-up pendant quatre heures. De quoi est-ce qu'on va bien pouvoir parler ? Je ne la connais pas et je vais l'emmener chez mon père, où on devra faire semblant d'être ensemble. Il faudra qu'on ait l'air d'un véritable couple.

Je viens de m'embarquer dans une galère sans nom…

— Simple curiosité. Je suis sûr qu'on aura tous les détails quand vous arriverez. Samedi soir, c'est ça ?

Je réponds en déglutissant à grand-peine :

— C'est ça, samedi soir.

— On devrait être encore à une réunion du country club. Tu as toujours ta clé ?

— Oui.

Je n'ai vraiment aucune envie de rentrer. À cause de ce qui est arrivé. Je fuis cet endroit comme la peste depuis un bon moment. Ces deux dernières années, on est partis passer Thanksgiving et Noël à Hawaï, dans la propriété de mon père. Sinon, je suis resté à l'université en prétextant un entraînement de football ou n'importe quelle autre excuse bidon pour me tenir éloigné d'eux un peu plus longtemps.

Trop dur pour moi, je sais. À première vue, ma famille a l'air parfaite. Enfin, aussi parfaite que peut l'être une famille qui souffre encore de la disparition d'une mère et d'une sœur, et dont le couple parental se résume à une belle-mère disjonctée et à un père froid comme l'hiver.

Ouais. Parfaite, vraiment.

Le problème, c'est que mon père a insisté pour que je rentre à la maison. La dernière fois qu'on a discuté tous les deux, il m'a dit qu'il en avait marre qu'on évite la maison pendant les vacances. Qu'il fallait qu'on se construise de nouveaux souvenirs.

Je ne veux pas de nouveaux souvenirs. Pas là-bas. Pas avec Adèle.

— On se voit dans quelques jours, alors.

J'entends les pas de mon père qui résonnent sur les dalles, comme s'il s'éloignait hors de portée des oreilles d'Adèle.

— On va passer un agréable Thanksgiving, fiston, tu verras. Il est censé faire beau et ta mère a l'air d'aller bien mieux.

— Ce n'est pas ma mère, réponds-je en serrant les dents.

— Quoi ?

— Adèle n'est pas ma mère.

— C'est la seule mère que tu aies jamais connue.

Super...

Maintenant, il est vexé.

— Pourquoi est-ce que tu ne l'acceptes pas ? Ça fait tellement longtemps qu'elle fait partie de ta vie…

Elle fait planer sur ma vie une ombre malsaine, mais je ne peux pas l'expliquer à mon père. S'il n'a pas compris à l'époque, il ne pourra pas comprendre maintenant.

— Je n'aime pas l'idée que tu oublies aussi facilement ma vraie mère. Moi, je ne veux pas l'oublier, réponds-je avec véhémence.

Il reste un moment silencieux et je regarde par la fenêtre sans rien voir. Il fait sombre, une pluie fine s'est mise à tomber et le vent recommence à agiter les branches nues des arbres qui parsèment la cour de la résidence où je vis. Je peux les voir se balancer dans l'obscurité.

Les gens pensent que j'ai une vie géniale. Ce n'est pas du tout le cas. Je suis un étudiant sérieux et je joue au football avec encore plus d'application parce que ça m'aide à oublier. J'ai des amis, mais personne de proche. La plupart du temps, je suis seul. Comme maintenant. Je suis assis dans la pénombre de ma chambre. Je suis en train de discuter avec mon père en regrettant de ne pas pouvoir lui avouer la vérité.

Mais je ne peux pas. Je suis pris au piège. J'ai besoin de quelqu'un pour faire tampon, pour m'aider à traverser ce qui pourrait bien être l'une des pires semaines de ma vie. Je suis reconnaissant d'avoir rencontré Fable. Elle n'a aucune idée de ce qu'elle fait pour moi.

Et elle ne doit jamais le savoir.

Chapitre 3

Jour du voyage (ne compte pas)

« Seul un imbécile trébuche sur ce qui se trouve derrière lui. » Anonyme

Fable

Son pick-up est impressionnant. Je n'étais jamais montée dans un véhicule aussi flambant neuf. Drew n'a pas l'air mal non plus dedans. Ça me coûte de l'admettre, mais le Toyota Tacoma bleu nuit lui va comme un gant.

Tout ce qui se rapporte à Drew est parfait. Il s'habille avec goût : ses fesses sont joliment moulées dans son jean, et je ne parle même pas du tee-shirt noir qui épouse chaque muscle de sa poitrine. Son comportement est irréprochable. Drew est toujours poli, il me regarde toujours dans les yeux et ne fait aucune remarque déplacée sur mes seins ou mes fesses. Et le timbre de sa voix : profond et sensuel, du genre que je pourrais écouter toute la journée. C'est la perfection faite homme.

Il m'a appelée hier avant que je parte travailler pour revoir quelques détails : fixer l'heure à laquelle il passerait me chercher et me prévenir qu'il faudrait qu'on mette au point une stratégie sur la route conduisant à la maison de ses parents.

Puis j'ai mis la question de l'argent sur le tapis. Je lui ai demandé comment il allait me payer. Je me suis sentie un peu comme une prostituée, à lui demander ça de but en blanc, mais il le fallait. J'avais besoin de ce chèque avant de quitter la ville, pour laisser un peu d'argent à Owen en cas d'urgence.

J'ai donc retrouvé Drew dans le centre-ville à côté de ma banque, quinze minutes avant la fermeture, avant de me rendre au bar. On a discuté quelques instants de choses sans importance, et il m'a tendu le chèque. Il était d'une nonchalance incroyable ! Comme un mec qui aurait l'habitude de donner trois mille dollars à une fille chaque jour de sa vie.

Le chèque venait de son compte personnel. Il l'a signé lui-même après l'avoir rempli de son écriture maladroite. Je ne suis pas parvenue à déchiffrer sa signature. Son nom complet est Andrew D. Callahan.

Tandis que j'entrais seule dans la banque et que je m'approchais du guichet, je me suis demandé à quoi correspondait ce « D ».

À présent, je suis assise dans le pick-up d'Andrew D. Callahan. Le moteur ronronne doucement et je n'entends ni hoquets ni pétarades. Ça me change de la vieille Honda 91 pourrie de ma mère, qui donne l'impression qu'elle pourrait mourir à tout moment. J'ai raconté à ma mère la même histoire de nounou que j'avais servie à Owen. Et pareil à mon patron. Étant donné que je m'absente pendant la basse saison, il n'a pas soulevé d'objections. Il sait que j'ai besoin d'argent et il était heureux que j'aie trouvé un boulot qui rapporte autant sur une période aussi courte.

Ma mère m'a dit au revoir du bout des lèvres quand je lui ai annoncé que je partais.

Je me demande ce que j'ai fait pour qu'elle me haïsse à ce point. Enfin, «haïr» est un terme un peu fort. Cela voudrait dire qu'elle ressent quelque chose pour moi. Elle fait preuve à mon égard d'une indifférence incroyable! C'est comme si je n'avais aucune importance à ses yeux. Vraiment aucune.

—Quatre heures, c'est ça?

Le son de ma voix brise le silence et le fait sursauter. Je l'ai vu à la manière dont il s'est soudain redressé sur son siège. Est-ce que le grand méchant footballeur aurait peur de moi?

Étrange...

—C'est ça, quatre heures.

Il tambourine sur le volant, ce qui attire mon regard sur ses longs doigts aux ongles courts et propres. Il a des mains puissantes et bien entretenues. Elles ont l'air... douces.

Je secoue la tête et prends un air renfrogné. Je suis en train de penser comme une gourde alors que j'ai besoin de garder l'esprit clair.

— Je n'ai jamais mis les pieds à Carmel.

J'essaie de faire la conversation parce que la perspective d'un trajet aussi long passé en silence m'effraie un peu.

— C'est assez… cher.

Il hausse les épaules, ce qui attire mon attention sur elles. Il porte une chemise de flanelle bleu foncé par-dessus un tee-shirt noir, ce qui lui va à ravir.

Ce n'est pas vrai ! Je me détourne et regarde le paysage défiler à travers la vitre du véhicule. Il faut que j'arrête de le regarder. Il me déconcentre.

— Bon, il va probablement falloir qu'on s'invente une histoire, non ?

Je ne peux pas m'empêcher de lui jeter un regard en coin. Avec ma chance, ces quatre heures vont passer comme une brise et je vais me retrouver face à face avec ses parents bien comme il faut sans la moindre idée de ce que je dois dire.

En d'autres termes, j'ai besoin d'autant de temps que possible pour mettre au point une stratégie aboutie avec Drew, pour qu'on ait l'air d'un véritable couple.

— Ouais. Ce n'est pas une mauvaise idée.

Il hoche la tête sans quitter la route des yeux.

Tant mieux. C'est un bon conducteur, toujours attentif à ce qui se passe autour de lui.

Mais, en réalité, j'aimerais qu'il me regarde. Qu'il me sourie d'un air rassurant, même si son expression manque de naturel. En ce moment, je me contenterais d'un simple : « Tout va bien se passer. »

Mais je n'ai droit à rien de tout ça. Pas même à un merci. N'importe quoi !

—Bon.

Je m'éclaircis la gorge et je plonge dans le vif du sujet malgré son désir de rester sagement sur la rive.

—Depuis combien de temps on est ensemble ?

—Le début de l'année, ça collerait, je pense...

Son flegme me donne envie de l'étrangler.

—Six mois, alors ?

Je le teste en lui balançant cette idiotie. Ma question fait son petit effet.

Il me jette un regard incrédule.

—Trois.

—Ah oui, je réponds en hochant la tête. C'est vrai. Comme si je pouvais le savoir. Je ne suis pas étudiante.

C'est la réplique la plus stupide du monde. Tout le monde sait quand commence l'année universitaire.

—Pourquoi ça ?

Je ne m'attendais pas à cette question. Je pensais qu'il s'en fichait.

—Je n'ai pas les moyens de payer l'université et je n'étais pas assez brillante pour décrocher une bourse.

Comme si je pouvais me permettre de perdre mon temps sur les bancs de l'école de toute façon. Je travaille d'arrache-pied. J'avais un job à plein-temps, mais je l'ai perdu il y a un peu moins d'un an. Je fais autant d'heures que possible comme serveuse au *Room* et je bosse occasionnellement dans un petit restaurant mexicain situé près de notre appartement. Ils ne m'appellent que quand ils manquent de personnel.

L'argent qui est sur mon compte en banque grâce à Drew m'aidera à m'en sortir, au moins un temps. Je ne l'ai pas déposé sur le compte commun que j'ai ouvert avec ma mère parce que je sais que, dès qu'elle prendra conscience de tout l'argent qu'il y a dessus, elle va s'empresser de le dépenser.

Je ne peux pas prendre le risque.

— Et comment est-ce qu'on s'est rencontrés ?

La voix profonde de Drew m'arrache à mes pensées. J'aimerais qu'il prenne l'initiative et qu'il invente une partie de l'histoire lui-même.

— Au bar.

Je lui suggère l'idée parce que c'est vulgaire, et, à mon sens, la seule raison pour laquelle il m'a choisie, c'est parce qu'il veut avoir l'air de s'encanailler devant sa famille bien comme il faut.

— Tu es venu avec un groupe d'amis et on a eu le coup de foudre dès qu'on s'est vus.

Il me jette un regard qui signifie clairement : « Quelles foutaises ! » Je souris en retour. Si c'est à moi d'inventer cette histoire, je vais en faire le récit le plus ringard et le plus romantique possible.

Il n'y a aucune place pour la romance dans ma vie. C'est idiot, mais je laisse les mecs se servir de moi parce que, l'espace d'un instant, lorsque toute leur attention se porte sur moi, je me sens bien. Ça m'aide à oublier que personne n'en a rien à foutre.

À la seconde où c'est terminé, c'est comme si le brouillard se dissipait dans mon esprit et je me sens mal. Sale. Ces clichés qu'on peut lire dans les livres, voir à la télé ou dans les films, c'est tout moi. Je suis un cliché vivant.

Je suis aussi la traînée du coin, pas aussi facile que sa réputation le laisse présager – encore un cliché. Et je ne suis décidément pas la fille que quelqu'un ramènerait à la maison pour impressionner sa mère. Je n'ai rien de spécial.

Et pourtant, voilà que Drew me ramène chez lui pour impressionner sa mère ou, plus exactement, pour lui faire peur. Je suis sûre que je suis le pire cauchemar de cette riche de mes deux – je suis aussi vulgaire qu'Owen : de pauvre de mes deux à riche de mes deux. Elle risque de faire une attaque à l'instant où elle posera les yeux sur moi.

— Je suppose que tu me ramènes chez ta mère pour la faire flipper. Je me trompe ?

J'ai besoin d'une confirmation. C'est une chose de le penser et c'en est une autre de l'accepter. J'ai besoin de me confronter à la réalité et je me préoccuperai des conséquences plus tard. Par exemple : les problèmes que pourrait me causer ce séjour malgré le fait que j'ai besoin de cet argent.

Sa mâchoire se contracte et ses lèvres forment un rictus sinistre.

— Ma mère est morte.

Je n'en reviens pas.

— Je suis désolée, dis-je machinalement.

Je me sens complètement stupide.

— Tu ne pouvais pas savoir. Elle est morte quand j'avais deux ans, ajoute-t-il en haussant les épaules. En tout cas, mon père va t'adorer.

Il a prononcé ces mots d'une façon qui m'effraie. Comme si son père était un obsédé et que c'était précisément pour cette raison qu'il allait m'apprécier.

— Il n'y a que ton père et toi, alors ?
— Non. Il y a aussi Adèle.

En prononçant son nom, il pince les lèvres au point de les faire disparaître. Il a vraiment de belles lèvres, pleines, et je me surprends à me demander où elles sont passées.

— C'est ma belle-mère.
— Tu veux la faire flipper ?
— Je me fous de ce qu'elle peut penser.

La tension qui émane de lui est palpable. Il s'est passé quelque chose entre eux dont il n'a visiblement pas gardé un bon souvenir.

Sans tenir compte de sa remarque sur la méchante sorcière prénommée Adèle, je continue à creuser.

— Tu as des frères et sœurs ?

Il secoue la tête.

— Non.
— Ah, bon…

Son manque de conversation pourrait poser un véritable problème si je dépends entièrement de son bon vouloir pendant la semaine à venir.

— Moi, j'ai un frère.
— Quel âge ?
— Treize ans, soupiré-je. Owen est en quatrième. Il fait plein de conneries.
— C'est un âge difficile. C'est dur, le collège.
— Tu avais beaucoup de problèmes quand tu avais treize ans ?

Je n'arrive pas à imaginer que ça ait pu être le cas. Il se met à rire, confirmant immédiatement ma théorie.

— Je n'avais pas le droit.
— Comment ça ?

Je fronce les sourcils. Sa réponse me paraît insensée.

— Mon père m'aurait botté le cul si j'avais eu le malheur de m'écarter du droit chemin.

Il hausse de nouveau les épaules. Il fait ça souvent, mais j'aime bien parce que ça me rappelle combien elles sont appétissantes. Si j'ai de la chance, je pourrai même les toucher au cours de notre prétendue histoire d'amour. Je poserai la tête contre son épaule. J'appuierai ma joue contre le tissu soyeux de sa chemise et humerai discrètement son odeur. Il sent bon, mais je veux me rapprocher de lui et m'imprégner de son parfum.

Je suis sur le point de tomber dans la ringardise la plus complète et, pour une fois dans ma vie de blasée qui n'a rien d'un conte de fées, je me sens prête à y succomber. Après tout, il faut que je joue mon rôle à la perfection, non ?

— Est-ce que ce n'est pas ce que tous les pères sont censés annoncer à leurs enfants quand ils font des conneries ?

— Si, admet-il, mais le mien était sérieux. Et puis, c'était plus facile de faire ce qu'on attendait de moi et de ne pas me laisser distraire. Je me laisse facilement distraire, tu sais.

— Et qu'est-ce qu'on attend de toi, au juste ?

Je joins le geste à la parole et dessine des guillemets en l'air avec mes doigts, comme ces insupportables membres de sororités étudiantes qui viennent au *Room*. Je déteste vraiment ces filles et la manière qu'elles ont de secouer leurs cheveux et de s'esclaffer en racontant des histoires toutes plus stupides les unes que les autres. Elles battent littéralement des cils à l'adresse des mecs ! C'est pathétique, d'avoir un tel besoin d'attention !

J'ai l'air amère, même dans ma propre tête.

— Que j'assiste aux cours, que j'étudie et que j'obtienne de bonnes notes. Que j'aille aux entraînements de football, que je reste en forme, que je joue de mon mieux et que j'en mette plein la vue aux recruteurs.

Il débite sa litanie d'une voix monocorde.

— Et c'est quoi, ces distractions à éviter ?

— Les fêtes, la boisson, les filles…

Il risque encore un regard vers moi, ses traits sont plus calmes et la colère qui déformait son visage s'est envolée.

— J'ai horreur de perdre le contrôle.

— Moi aussi, murmuré-je.

Il me sourit et je sens comme une pointe sur mon cœur adouci.

— On fera peut-être un beau couple, après tout.

Drew

À la seconde où ces mots ont franchi mes lèvres, je regrette de les avoir prononcés. On ne fait décidément pas un beau couple. Ce genre de fille n'est pas pour moi et je le sais. C'est d'ailleurs pour ça que je la ramène à la maison. Pour que mon père pense que j'ai levé une petite groupie sexy qui est à mon entière disposition et qu'Adèle me fiche enfin la paix.

Fable est vraiment une groupie de l'équipe de football. On prétend qu'elle a couché avec la moitié des joueurs de cette saison, mais je me demande si ces rumeurs sont fondées. C'est grâce à ça que j'ai découvert son existence. Quelques mecs de l'équipe étaient en train de parler d'elle alors qu'on prenait un verre au *Room*, un soir, au début du semestre. Elle venait de prendre notre commande. Ils ont comparé leurs notes et ont vanté ses prouesses au lit. L'un d'eux lui a même pincé les fesses alors qu'elle passait près de nous. Ils ont tous éclaté de rire lorsqu'elle l'a foudroyé du regard.

Sa réputation pour le moins fougueuse est le premier argument qui m'a convaincu d'en faire ma fausse petite amie. Je me suis dit qu'elle serait parfaite dans ce rôle. Je ne couche avec aucune de ces filles qui traînent autour des vestiaires après un entraînement ou un match. En réalité, je ne couche avec personne. C'est plus facile comme ça. Quand vous donnez un peu de votre personne à des filles, elles en demandent toujours plus. Encore et toujours plus. Des choses que je ne peux pas leur offrir. Je me coupe du monde pour me rendre la vie supportable.

Parfois, j'ai vraiment l'impression d'être une machine.

Je n'éprouve aucun sentiment, aucune empathie. Je ne ressens rien.

Mon père s'inquiète pour moi. Il croit que je suis une sorte de mauviette incapable de coucher avec une fille et cette idée le débecte. Il m'a déjà pris à part pour m'en parler et m'a demandé de but en blanc si j'étais gay.

La question semblait venir de nulle part et j'étais tellement abasourdi que je n'ai pas pu m'empêcher de ricaner. Ma réaction l'a énervé encore plus et j'ai eu beau nier, il ne m'a pas vraiment cru.

Heureusement, me pointer avec Fable pendue à mon cou devrait calmer ses inquiétudes.

Je sais que j'agis et que je pense comme un salaud, que c'est mal d'utiliser Fable pour ça, mais ce n'est pas la seule raison pour laquelle je l'emmène avec moi. Même si je ne pourrai jamais lui raconter la vérité. Et si je le faisais ? Peut-être qu'elle comprendrait, elle. Elle a l'air d'être le genre de fille qui comprendrait. Qui pourrait avoir vécu les mêmes saloperies que moi.

Mais ce dont j'ai réellement besoin, c'est de discuter davantage de notre prétendue relation. Il faut que j'arrête de me laisser distraire par mon inquiétude à l'idée de rentrer à la maison et que je lui pose plus de questions.

—Tu n'as que ton petit frère, alors ?

— Oui, c'est juste Owen et moi. Et ma mère.

Je sens une certaine tension dans sa voix. J'imagine qu'elle n'aime pas beaucoup sa mère.

Ça, je peux le comprendre.

— Tu ne t'entends pas avec ta mère ?

— Elle n'est pas assez souvent à la maison pour qu'on puisse s'entendre avec elle. Je suis toujours en train de travailler et elle passe son temps à s'envoyer en l'air avec son dernier jules.

Ces mots sont teintés d'une amertume évidente. Leur relation mère-fille est sans doute un peu houleuse.

— Et ton père ?

— Je ne le connais pas. Il n'a jamais fait partie de ma vie.

— Mais si Owen a seulement treize ans…

Je suis perdu.

— C'est un autre type. Celui-là n'est pas resté non plus, explique Fable en secouant la tête. Ma mère sait les choisir.

Je ne sais pas quoi dire. Je ne suis pas à l'aise avec les conversations personnelles. J'ai des amis, mais je ne suis proche de personne. Les mecs que je fréquente jouent dans mon équipe et on parle de football, de sport ou de conneries de ce genre. Parfois, on parle de filles et je reste assis à écouter et à rire à tout ce qu'ils racontent. Je n'interviens jamais. Je n'ai pas grand-chose à ajouter.

Je pourrais avoir la fille que je veux. Je le sais. Bien sûr, cette certitude fait de moi le dernier des connards, mais c'est la stricte vérité. J'ai un physique acceptable, je suis intelligent et je joue assez bien au football. Et le fait que je ne leur prête aucune attention les attire encore plus.

Elles veulent toutes quelque chose que je ne peux pas leur donner. Au moins, avec Fable, j'ai été honnête dès le départ sur ce que j'attendais d'elle et je l'ai payée immédiatement. Elle n'exigera rien de plus.

C'est plus facile comme ça. C'est plus sûr.

— Je peux te poser une question ?

Le son de sa voix douce m'arrache à mes pensées. Elle a l'air d'une dure avec ses yeux très maquillés, ses vêtements noirs et ses cheveux blond platine. Mais elle a la voix la plus mélodieuse que j'aie jamais entendue.

— Bien sûr.

Je suis en train de laisser la discussion tourner à la catastrophe potentielle. Je le sens.

— Pourquoi moi ?

— Hein ?

Je fais l'idiot. Je sais très bien où elle veut en venir.

— Pourquoi est-ce que tu m'as choisie, moi, pour jouer le rôle de ta petite amie ? Je n'ai rien d'exceptionnel…

Elle doit lire dans mes pensées.

— Je savais que tu ne m'ennuierais pas.

— Comment ça ?

Je sens que je suis sur le point de tout foutre en l'air.

— Une autre fille ne se contenterait pas de faire semblant. Elle essaierait vraiment de sortir avec moi, tu comprends ? Et je savais que toi, tu n'en aurais aucune envie.

— Qu'est-ce qui te fait croire ça ? Tu ne me connais pas.
— Je t'ai vue au bar.
C'est un raisonnement bancal.
— Et alors ? Plein de mecs viennent au *Room*. Tes potes du foot y sont fourrés en permanence. Je suis sortie avec quelques-uns d'entre eux.

Elle croise les bras, ce qui fait ressortir ses seins, de telle manière que je peux entrevoir la peau blanche de son décolleté plongeant. D'habitude, je ne salive pas devant des filles, mais celle-ci a quelque chose qui me donne envie de la voir nue.

— Je ne coucherai pas avec toi.

Elle est sur la défensive et je m'aperçois que j'aime ça. C'est quoi, mon problème ?

— Je ne veux pas coucher avec toi. Ce n'est pas pour ça que je te paie.
— Que tu me paies…

Elle renifle, comme si elle ne prêtait aucune attention à son allure quand elle le fait et je ne peux m'empêcher de l'admirer pour ça.

— À t'écouter, on dirait presque un vrai job, alors qu'en réalité je ne suis qu'une pute au rabais qui doit incarner ta petite amie. D'ailleurs, comment ça se fait que tu aies autant d'argent ?
— Il est à moi, ne t'inquiète pas.

J'ai des économies. Mon père travaille dans la finance et il a gagné beaucoup d'argent au cours de sa carrière. Il est généreux, surtout depuis que je suis son seul enfant.

—Et ne parle pas de toi comme ça. Tu n'es pas une pute.

Je ne veux pas qu'elle ait l'impression d'en être une. Même si ce qu'elle a pu faire avec d'autres types s'apparente à de la prostitution, quand je pense à elle, le sexe est la dernière chose qui me vienne à l'esprit.

Ou du moins c'était le cas. À présent… merde. Je ne sais plus.

Elle me trouble. Les pensées qui me viennent et les émotions que je ressens quand elle est près de moi m'embrouillent l'esprit. Et je ne la connais même pas. Je suis en train de me laisser dépasser par les événements. Comment faire machine arrière ?

—Pas de sexe entre nous, répète-t-elle.

On dirait qu'elle essaie de se convaincre autant que moi.

—Ni de pipe.

—Je ne veux rien de tout ça.

C'est la vérité. Ou du moins c'est ce que je m'efforce de penser. Elle est terriblement attirante, c'est un fait, mais le sexe n'attire que des emmerdes. Je ne vais pas coucher avec cette fille qui a une réputation de salope et qui a accepté de se mettre à ma disposition pour la semaine. Ça n'aurait aucun intérêt.

Je me trompe ?

—Cela dit, il va falloir qu'on fasse semblant de s'apprécier. On est censés s'aimer…

J'ai eu du mal à prononcer ce mot. Je ne l'utilise jamais. Mon père ne me dit jamais qu'il m'aime. Adèle l'a fait. Mais son amour est soumis à des conditions malsaines et va de pair avec des choses auxquelles je préfère ne pas penser.

Je ne peux pas penser à elle, sinon je vais exploser.

—C'est dans mes cordes, répond Fable d'un ton tranquille.

Soudain, je prends conscience de ce qu'on va devoir faire. Je suis vraiment un imbécile.

—Il faudra aussi qu'on se tienne la main, que je te prenne par l'épaule. Que je te serre dans mes bras…

Je n'y avais pas pensé.

—Pas de problème, dit-elle en haussant les épaules.

—Il faudra aussi qu'on s'embrasse.

Ça non plus, je n'y avais pas pensé.

Elle m'observe d'un air dégagé et son regard glisse vers ma bouche. Est-ce qu'elle est en train de penser à m'embrasser ?

—Ça ne devrait pas poser de problème. Tu y arriveras, toi ?

—Oui, bien sûr.

J'ai l'air plus confiant que je ne le suis en réalité.

—Si tu le dis…, me rétorque-t-elle d'une voix traînante en se blottissant dans son siège.

Et merde ! Je sais qu'elle lit en moi comme dans un livre. Ça devrait m'inquiéter.

Ce qui m'inquiète plus encore, c'est que ça ne me dérange pas le moins du monde.

Chapitre 4

La nuit précédente (ne compte pas)

« Je veux croire à ce conte de fées. » Fable Maguire

Drew

Tandis que je conduis mon pick-up le long de l'allée interminable, la maison apparaît au loin, toutes fenêtres allumées. Il y en a au moins un million. C'est gigantesque. Les dimensions de la bâtisse me paraissent vertigineuses. Je suis mort d'inquiétude et je me mets à me demander s'ils ne sont pas restés à la maison, en fin de compte.

J'avais espéré les éviter jusqu'au matin.

La tension qui émane de Fable est palpable. Elle est rattrapée par la réalité, j'imagine. C'est aussi ce qui est en train de m'arriver. Il faut que j'entre dans cette maison pour affronter mes démons. C'est complètement mélodramatique et j'ai l'air d'une gonzesse à penser comme ça, mais merde ! C'est la vérité !

—Ta maison est immense, dit-elle dans un souffle.

—Ouais.

Je déteste cet endroit. C'est ici que j'ai perdu ma sœur… C'est ici que s'est déroulé le pire épisode de ma vie. Même si elle est morte il y a presque deux ans jour pour jour, j'ai toujours l'impression que c'est arrivé hier.

Au fond de moi, je sais que je suis en partie responsable de sa mort. Adèle n'y est pas pour rien non plus. C'est l'une des nombreuses raisons pour lesquelles je n'ai aucune envie d'être ici.

—Et c'est juste au bord de l'eau, fait remarquer Fable d'un ton pensif. J'adore l'océan. Je n'ai pas souvent l'occasion d'y aller.

—Il y a un escalier qui descend de la terrasse, à l'arrière, et qui mène tout droit à la plage, dis-je en essayant de lui faire part de quelque chose dont elle puisse se réjouir.

Elle m'adresse un sourire qui me détend un peu.

Cette visite ne va pas être agréable. Je me suis mis le doigt dans l'œil en pensant que Fable allait me faciliter les choses. Sa présence va rendre ce séjour un peu moins stressant, mais cet endroit est toujours trop imprégné d'émotions, de tensions, de colère et de tristesse à cette période de l'année. Quand on partira, elle pensera sans doute que je suis complètement barge.

Va-t-elle parler de moi autour d'elle ? Je n'y avais même pas songé. Ce qui prouve une fois de plus que mon plan n'est pas assez bien préparé. En fin de compte, cette histoire risque de m'exploser en pleine figure. Je le sens. Je ne peux faire confiance à personne.

Personne. Et surtout pas à cette fille assise à côté de moi et qui se mord l'index, si fort qu'on dirait qu'elle essaie de l'arracher. Elle est nerveuse, mais elle ne sait rien de moi.

J'ai les mains moites et la nausée. C'est une chose que de voir mes parents en vacances plutôt que de faire face à la réalité de ce qui est arrivé ici. C'en est tout à fait une autre que de rentrer à la maison en sachant que j'y ai mis les pieds pour la dernière fois il y a presque deux ans, jour pour jour.

—Ça va ?

La voix de Fable vient briser le silence et son ton est plein de sollicitude.

—Tu respires bizarrement.

Il ne manquait plus que ça…

Je réponds en essayant désespérément de garder mon calme :

—Je vais bien.

J'arrête mon pick-up devant la porte du garage et coupe le moteur ; je laisse le silence m'envelopper un instant. Je peux entendre la respiration douce et égale de Fable, le léger cliquetis du moteur, et sentir son parfum ou son shampoing ou ce je-ne-sais-quoi qui flotte dans l'air. C'est une odeur légère, un peu sucrée, comme de la vanille ou du chocolat, que je n'arrive pas à définir et qui ne correspond pas à l'image de dure qu'elle essaie de projeter.

Elle est bourrée de contradictions et ça me donne envie de mieux la cerner.

— Écoute, je ne sais pas pour quelle raison, mais j'ai comme l'impression que ça va être difficile pour toi. Je me trompe ?

Elle pose sa main sur la mienne, encore agrippée au volant, et le bout de ses petits doigts vient caresser mes phalanges. Je frémis à son contact, mais elle n'enlève pas sa main. Je suis surpris à l'idée qu'elle essaie sincèrement de me rassurer.

Tout en hochant la tête, je déglutis et j'essaie d'aligner quelques mots, mais rien ne me vient à l'esprit.

— Moi aussi, j'ai une famille de déglingués.

Sa voix douce me touche au plus profond de mon être et me calme instantanément. Je ne m'attendais pas à ce qu'elle m'accepte aussi facilement.

— Est-ce que ce n'est pas le cas de tout le monde ?

J'essaie de plaisanter, mais, la plupart du temps, j'ai l'impression d'être le seul à vivre dans un monde de dingues. Aucune famille n'est aussi déglinguée que la mienne.

— Je ne crois pas. Et puis merde, qu'est-ce que j'en sais ?

Elle sourit et je sens le nœud qui m'étreignait le cœur se relâcher tandis que je la contemple.

— N'oublie pas de respirer, c'est tout. Je sais bien que tu ne vas pas me dire ce qui ne va pas ou pourquoi tu détestes ta famille à ce point, mais je comprends. Si tu as besoin de te débarrasser d'eux, même cinq minutes, je t'aiderai. Il faudrait qu'on mette au point un code ou quelque chose de ce genre.

Je fronce les sourcils.

— Un code ?

— Oui, me répond-elle en hochant la tête, les yeux brillants, comme si cette idée l'enchantait. Par exemple, si ton père se comporte comme un abruti et te demande sans cesse ce que tu veux faire de ta vie et que tu n'en peux plus, dis simplement « Marshmallow » et je lui couperai la parole pour te sortir de là.

Un sourire sceptique se forme sur mes lèvres.

— Marshmallow ?

— C'est absurde, non ? Ça n'a aucun sens. C'est ça qui est bien.

Son sourire s'élargit et le mien se fait plus enjoué.

— Et si tu n'es pas là ?

J'aimerais ne jamais la perdre de vue, mais je sais que c'est impossible.

— Envoie-moi un texto qui dit « Marshmallow ». Où que je sois, je te rejoindrai aussi vite que possible.

— Tu ferais vraiment ça pour moi ?

Son regard rencontre le mien. Ses yeux brillent. Ils sont si clairs. Et si beaux. Merde, elle est vraiment belle ! Pourquoi est-ce que je ne m'en suis pas rendu compte plus tôt ? Je suis attiré par cette fille alors qu'en temps normal je ne suis jamais attiré par personne.

— Je suis tout à fait prête à faire le boulot pour lequel tu m'as engagée.

L'agréable chaleur qui montait en moi s'éteint d'un coup, comme si elle m'avait lancé un seau d'eau glacée en pleine figure. C'est un rappel brutal à la réalité, à cette relation factice qui n'est qu'un job de plus pour elle.
— Tu as raison.
Je suis un crétin. J'espérais qu'elle me sauve parce qu'elle en avait envie.

Fable

Cette maison est aussi grande qu'un musée et tout aussi froide. Elle est grandiose, calme, immaculée et l'ambiance feutrée qui y règne me glace au plus profond de moi. La porte se referme derrière nous dans un claquement aux accents définitifs qui m'arrache un frisson, et je m'engage derrière Drew dans un grand vestibule aux murs couverts de photos de famille que je prévois d'examiner plus tard. J'entends des voix qui proviennent d'une salle située à l'autre bout de la pièce et on entre dans un salon avec une immense baie vitrée qui fait face à l'océan. J'arrive à discerner les vagues bordées d'écume à travers la vitre. C'est la première fois que j'ai l'occasion d'observer un panorama aussi splendide.
Drew ne le remarque même pas. Il est trop absorbé par les deux personnes assises sur le canapé, qui étirent leurs corps longs et fins et s'éloignent du sofa en velours marron foncé pour s'approcher de nous d'un pas rapide.

Mon estomac se noue et, soudain, je sens la main de Drew dans la mienne et nos doigts s'entrecroisent. Cette marque d'affection me surprend d'abord, puis je me souviens.

Je suis sa petite amie. Je joue un rôle et lui aussi. Et nous jouons cette comédie pour les yeux de ces mêmes personnes qui se tiennent debout devant nous et nous regardent, dans l'expectative.

—Andrew. Quelle joie de te voir! Tu es absolument sublime!

C'est sa belle-mère qui vient de parler et je trouve le compliment étrange. Personne ne parle de son beau-fils en disant qu'il est «sublime».

La remarque ne plaît pas non plus à Drew. Je le vois. Il me lâche la main, passe son bras autour de mes épaules et me serre contre lui. Je suis collée contre son corps chaud et ferme et je ressens des picotements sur tout le corps. Il est dur comme un roc et je n'ai pas d'autre choix que de lui glisser mon bras autour de la taille et de me cramponner à lui comme à un rocher dans la tourmente. Cela dit, je ne m'en plains pas.

Toute cette scène n'est qu'une diversion pour éviter que sa belle-mère ne le prenne dans ses bras. Elle les tient tendus devant elle, mais elle les laisse retomber le long de son corps, et la déception se lit sur son beau visage. Et quand je dis qu'elle est belle, je suis encore loin du compte: elle est absolument magnifique. Elle a des cheveux noirs, longs et raides qui lui arrivent à la taille. Elle a des pommettes saillantes, un magnifique teint olivâtre et des yeux d'un noir de jais. Elle me domine de la tête et des épaules et son physique élancé me pousse à me demander si elle n'a pas été mannequin.

— Et voici donc ta petite Fable ?

Son ton condescendant me porte sur les nerfs et je me redresse de toute ma hauteur. Drew me passe la main dans le bas du dos, ses doigts s'attardent sur mes muscles tendus. Ce contact se veut rassurant.

— Oui, c'est moi, Fable. Ravie de vous rencontrer.

Je lui tends une main qu'elle serre avec dédain et relâche à toute vitesse, comme si elle était couverte d'excréments.

C'est quoi, son problème, à cette connasse ?

— Fable, voici Adèle, déclare Drew d'un ton grave. Adèle, je te présente ma petite amie.

Il insiste sur les mots « petite amie » et un éclair de dégoût passe dans les yeux d'Adèle.

— Drew.

L'homme debout à côté d'Adèle est une version plus âgée de mon soi-disant petit ami et je suis impressionnée. S'il tient de son père, Drew aura encore l'air d'un tombeur à quarante ou cinquante ans.

Quelque chose qui s'apparente à de l'affection passe sur le visage de Drew et il me lâche brièvement, le temps de prendre son père dans ses bras. Mais il vient à peine de me lâcher qu'il se cramponne à moi de plus belle, son bras musclé enroulé autour de ma taille et ses doigts posés sur ma hanche. C'est une étreinte très possessive et je ne peux pas m'empêcher de trouver ça terriblement sensuel. Je ne dois pas perdre de vue le fait que tout ça n'est qu'une comédie.

Drew ne veut pas de petite amie. Il n'a pas l'air attiré par les filles, ce qui me pousse à me demander s'il ne serait pas de l'autre bord.

Je jette un regard dans sa direction et admire ses cheveux noirs et ses yeux d'un bleu intense bordés de cils noirs et épais. Si c'était le cas, ce serait une grande perte pour la gent féminine.

—Papa, je te présente Fable, ma petite amie, répète Drew.

Cette fois, j'ai droit à une poignée de main chaleureuse, même si le regard expert que son père pose sur moi me met mal à l'aise. Il est en train de me jauger et je le sais. J'ai l'habitude de ce genre de choses. Au boulot, les mecs me matent. Ça fait partie du quotidien d'une barmaid.

Mais cet homme plus âgé m'observe d'une façon qui me met mal à l'aise. Il me donne envie de décamper d'ici.

—Comment s'est passé votre voyage ? demande le père de Drew.

Et lorsqu'il détache enfin son regard de moi, je retiens difficilement un soupir de soulagement.

—Sans problème.

Drew marque une pause.

—Je croyais que vous deviez sortir ce soir.

—Adèle a décidé qu'elle n'avait pas le cœur à une autre de ces réunions du country club, explique son père.

—Ils en organisent tout le temps. En fait, il y en aura une autre plus tard dans la semaine et nous voulons que vous veniez avec nous.

Elle accompagne ses paroles d'un geste élégant de la main et esquisse un sourire, ses dents droites et blanches sont si odieusement parfaites qu'elles me donnent envie d'y balancer mon poing et de les regarder tomber une à une. Pour je ne sais quelle raison, cette femme a le don d'éveiller en moi des pulsions violentes.

— Je voulais être là pour vous accueillir.

— Ce n'était vraiment pas la peine, marmonne Drew dont les doigts s'enfoncent dans ma chair.

C'est tellement étrange. Personne ne semble s'apprécier et la tension invisible qui s'installe entre nous quatre est si palpable que c'en est presque douloureux. J'ai décelé un soupçon d'affection entre Drew et son père, mais sinon chacun reste sur ses gardes et la méfiance est de mise. Ces gens-là prononcent des mots, mais ce qu'ils veulent dire est totalement différent.

C'est flippant.

L'espace d'un instant, je suis tentée d'attraper Drew par le bras et de l'entraîner loin d'ici. Il règne dans cet endroit une atmosphère terriblement malsaine.

Mais je ne le fais pas.

— Vous allez dormir dans l'annexe cette semaine. J'ai fait nettoyer et préparer les deux chambres pour vous, dit son père, attirant mon attention alors qu'Adèle tente de l'interrompre.

— Je ne trouve pas ça convenable, lâche Adèle en pinçant les lèvres d'un air désapprobateur.

— Bon sang, il a vingt et un ans, Adèle, répond le père de Drew en levant les yeux au ciel. Laissons-leur un peu d'intimité.

Bon. Alors la belle-mère refuse qu'on s'envoie en l'air de peur qu'on ne soit frappés par la colère d'un Dieu omniscient et le père nous encourage à nous lâcher en nous offrant ce sanctuaire dans lequel on peut se réfugier.

Tout ça est tellement bizarre.

— Merci, papa. L'annexe, ce sera parfait.

Je perçois clairement du soulagement dans la voix de Drew et je dois dire que moi aussi, je suis soulagée. Je ne veux pas habiter dans cette maison avec ces gens. Ils n'ont pas l'air de m'apprécier beaucoup.

Enfin, l'un des deux agit comme s'il m'appréciait un peu trop et l'autre daigne à peine regarder dans ma direction.

— Je suis sûr que vous avez besoin de vous reposer, dit le père de Drew en lui faisant un clin d'œil.

Je ne rêve pas. Il lui a vraiment jeté un clin d'œil et asséné une claque dans le dos, si fort qu'il le fait basculer en avant, et moi avec.

— Retrouvez-nous dans le coin du petit déjeuner à 8 heures demain matin. Maria fera ses fameuses omelettes.

Ils ont même une cuisinière. Je n'en reviens pas. Il y a énormément d'argent ici et ces trois personnes ont l'air malheureuses comme les pierres, trop cassantes et pétries de faux-semblants… Comment pourraient-ils être heureux ? J'ai toujours cru que l'argent ferait mon bonheur. Je compte bien utiliser cette manne qui dort bien au chaud sur mon compte en banque pour nous rendre heureux pendant au moins trois mois, Owen et moi, même si c'est un peu optimiste.

Je commence à me rendre compte que l'argent ne fait pas le bonheur. Et voilà! C'est tout moi. Je suis un cliché vivant.

Drew

À la seconde où on passe la porte de l'annexe, je pousse un énorme soupir de soulagement, reconnaissant d'être sorti de l'ambiance étouffante de la maison où j'ai grandi. La réaction d'Adèle me laisse sans voix; elle se comporte comme une petite amie jalouse prête à planter ses griffes dans les yeux de Fable. Qu'est-ce qu'il lui a pris de l'appeler ma « petite Fable » ?

Et dire que mon père l'a reluquée… J'ai senti mes poils se hérisser et ce n'est pas moi qui ai eu droit à l'examen détaillé. C'était bien pire que je ne l'imaginais et je suis gêné.

Peut-être qu'on devrait partir. Peut-être que je devrais mettre Fable dans un bus et la renvoyer chez elle pour ne pas l'exposer plus longtemps à ce climat malsain. Je ne veux pas lui imposer cela. Elle pourra garder l'argent.

— Tes parents sont carrément bizarres.

L'entendre insulter de sa voix douce les personnes qui m'ont élevé me surprend tellement que j'éclate de rire. Maintenant que j'ai commencé, j'ai l'impression que je ne vais pas pouvoir m'arrêter. Ça fait du bien. Quand est-ce que j'ai ri d'aussi bon cœur pour la dernière fois? Je n'arrive pas à m'en souvenir.

— Est-ce que tu ris parce que je dis la vérité ou parce que tu préfères rire plutôt que m'enguirlander pour avoir taclé tes parents ?

Fable a l'air un peu nerveuse, mais je perçois aussi de l'amusement dans son ton.

— Tu es honnête et j'apprécie cette qualité, dis-je finalement après avoir repris mon souffle. Et tu as raison. Ils sont bizarres.

— C'était tellement tendu, là-dedans… Je ne comprends pas.

Elle jette un coup d'œil à l'annexe. Avec son unique étage et sa baie vitrée face à l'océan, presque identique à celle du salon de la maison principale, elle reste impressionnante, mais à une échelle plus réduite. C'est beaucoup plus confortable ici, on n'a pas l'impression qu'on ne peut toucher qu'avec les yeux les objets qui nous entourent.

— Oh, il y a une terrasse ! Il faut que je voie ça.

Je la regarde glisser à travers le salon et se diriger vers la porte-fenêtre, qu'elle déverrouille et ouvre sans hésiter. Je la rejoins dehors, curieux de savoir ce qu'elle a pensé de ma famille de tarés.

Elle est déjà penchée sur la balustrade, le visage tourné vers l'océan, et le vent soulève ses longs cheveux blonds. Elle plonge la main dans la poche de sa fine veste noire et en tire une cigarette et un briquet, avec une expression d'embarras sur le visage.

— Je te jure que j'ai presque arrêté, mais j'aime bien avoir quelques clopes sur moi en cas d'urgence.

—Et la scène qui s'est déroulée là-bas entre dans la catégorie « urgences » ?

Elle esquisse un sourire avant d'enrouler sa main autour du briquet et de faire rouler la pierre une fois, deux fois… trois fois. Et le briquet s'allume enfin. La cigarette se balance sur ses lèvres et elle rapproche la flamme de l'extrémité, tirant une bouffée pour l'allumer.

—Absolument !

Elle expire un torrent de fumée par-dessus la balustrade et le petit nuage gris plane un instant dans l'obscurité avant de disparaître peu à peu.

—Ton père… Je crois qu'il me reluquait.

—En effet, admets-je à voix basse. Je suis désolé.

—Ce n'est pas ta faute.

Elle balaie l'air de la main, comme pour mettre à distance l'attitude de mon père.

—C'est moi qui t'ai amenée ici. Donc techniquement, si, ça l'est.

Elle fait le même geste, comme pour reléguer mes paroles à l'arrière-plan.

—Ce n'est pas mon avis. Je dirai simplement ceci. La prochaine fois que tu présenteras une fausse petite amie à ton père, tu devrais la prévenir.

Je glousse. Il n'y a pas moyen que j'amène un autre simulacre de petite amie ici. Si ça ne tenait qu'à moi, je n'y remettrais jamais les pieds. Je me fiche de savoir à quel point cet endroit est magnifique. Pour moi, cette maison est une prison.

—Est-ce que je peux te poser une question très personnelle ?

Je laisse échapper un profond soupir. Les filles – et, en l'occurrence, Fable – et leurs questions très personnelles seront ma perte.

—Demande toujours.

Je n'ai rien à cacher.

N'importe quoi ! J'ai tellement de choses à cacher que sa question m'effraie.

—Drew… Est-ce que tu es gay ?

Putain de merde ! Pourquoi est-ce que tout le monde pense ça ?

Fable

Je retiens mon souffle en attendant sa réponse. Le vent qui tourbillonne autour de moi me glace jusqu'aux os. Je mets ma question bien trop indiscrète sur le compte de l'augmentation soudaine du taux de nicotine dans mon sang. J'aurais au moins pu attendre un jour ou deux, non ? Passer du temps avec lui d'abord, seule à seul.

Mais ma grande gueule et ma curiosité extrême ne pouvaient pas attendre une seconde de plus. Il fallait que je sache. Passer tout ce temps avec lui pendant ces sept prochains jours n'en serait que plus facile. J'arrêterai de m'inquiéter à l'idée qu'il pourrait tenter quelque chose.

Ou, mieux encore, j'arrêterai de souhaiter qu'il tente quelque chose. J'en viens à me demander quel est mon problème et pourquoi il n'est pas attiré par moi.

Je m'aperçois qu'il n'a toujours pas répondu à ma question.

Il finit par faire quelque chose que je déteste ; à la manière d'Owen, il répond à ma question par une autre question :

— Pourquoi est-ce que tu me demandes ça ?

Grâce à cette parade, Drew va me forcer à livrer en détail la liste de mes suppositions concernant sa sexualité. Je n'en ai pas beaucoup. Je viens seulement de me poser la question pendant le long trajet en voiture jusqu'ici.

— Eh bien, tu m'as dit que tu n'avais jamais vraiment eu de petite amie avant. Ton père s'inquiète clairement pour toi à cause de l'absence de femelles dans ton entourage. Je ne t'ai jamais vu avec une fille au bar, encore moins en train de draguer, même si je n'ai pas monté la garde, ajouté-je avec conviction.

C'est la vérité. Je n'ai jamais vraiment fait attention à lui, mais, si ma mémoire est bonne, ce n'est pas un don Juan.

— Peut-être que je n'ai pas encore rencontré la fille idéale.

Je sens mon cœur battre d'appréhension et c'est tellement stupide que j'aimerais pouvoir me donner un coup dans la poitrine. Oui, il est absurde de penser que j'ai la moindre chance d'être la femme idéale de Drew.

La femme à laquelle il a confié une mission, peut-être. C'est tout ce que je serai jamais.

— Est-ce que, hum… Est-ce que tu te préserves pour le mariage ?

Je me force à adopter un ton neutre, même si c'est le chaos dans ma tête. J'ai vingt ans. Il a au moins vingt et un ans. Y a-t-il vraiment une chance qu'il soit puceau ? Je sais que ça existe, mais je ne pensais pas qu'il en faisait partie.

Son gloussement sombre m'indique que je suis à côté de la plaque et le soulagement qui m'étreint est presque insurmontable.

— Je ne suis pas puceau. Ça, c'est certain. Mais ça… fait un moment.

Je tire une taffe sur ma cigarette.

— Pourquoi ?

Oups, et voilà, j'y retourne. Je me mêle de sa vie personnelle alors que ce ne sont pas mes affaires.

Il hausse les épaules et sa chemise de flanelle se tend sur ses épaules musculeuses. Il a vraiment une carrure magnifique !

— Je ne fais pas dans les relations sentimentales. Le sexe, c'est trop… compliqué.

Intéressant. Mais je trouve sa réponse trop facile.

— Peut-être que tu n'as essayé que des trucs pas cool.

— Peut-être que c'est tout ce qu'on peut espérer en matière de sexualité.

Sa mâchoire se crispe et ses yeux deviennent sombres. Il est en colère. Je sais que c'est tordu, mais cela lui donne l'air incroyablement sexy. La vue de son expression de défi suffit à me faire chavirer le cœur.

Sa réponse est bien trop cryptique à mon goût.

— On dirait effectivement que tu n'as essayé que des trucs pas cool.

J'essaie de rire, tout en faisant tomber la cendre de ma cigarette par-dessus la balustrade et je remarque sa mine de dégoût.

Drew ne rit pas. Je me demande si je l'ai vexé.

Je fume parce que je suis nerveuse et c'est dommage qu'il désapprouve, mais je ne peux pas m'en empêcher. Pendant tout le lycée, j'ai arrêté et recommencé à fumer parce que c'était cool et pour je ne sais quelle raison encore. L'été après le bac, j'ai décidé d'arrêter définitivement. Enfin presque.

J'ai toujours un paquet caché sur moi, comme une couverture de survie, et je ne sors une cigarette que lorsque je suis extrêmement nerveuse ou agitée et que j'ai besoin de me calmer.

Comme ce soir. La présentation à ses parents a été un moment fort en émotions. Normalement, je fume un paquet tous les six mois. Mais, à ce rythme-là, je fumerai mon paquet quotidien avant le troisième jour de ces prétendues vacances.

— Si mon père te voyait maintenant, il péterait un câble, déclare Drew en me tirant de ma rêverie.

Je prends une dernière bouffée de ma cigarette avant de l'écraser et de la jeter le plus loin possible. Je sais qu'elle n'atteindra pas la mer, mais j'aime cette idée, le nuage de fumée et le grésillement produit par la cigarette au contact de l'eau. Ce n'est vraiment pas écolo et je me sens coupable, mais Drew n'émet pas la moindre objection.

—Ce sera notre petit secret…

—On va avoir beaucoup de secrets d'ici la fin de la semaine.

Ce n'est pas une question, ça ressemble plus à une affirmation. Il n'a pas tort.

—Oui, c'est vrai.

Je lui souris, mais il ne me rend pas mon sourire. Au lieu de ça, il tourne les talons et quitte la terrasse pour rentrer dans la maison, tandis que la porte se referme derrière lui avec un léger clic.

Ce qui me laisse seule dans la nuit noire avec mes pensées moroses.

Chapitre 5

Jour 2, 14 heures

« L'amour est une fumée formée de la vapeur des soupirs. » William Shakespeare

Fable

Les gens riches sont vraiment désagréables. Ils sont mal élevés, agissent comme si tout leur était dû et portent un regard méprisant sur tout ce qui a l'air pauvre. Je porte un jean et un sweat-shirt, rien de très fantaisiste, et ils me dévisagent comme s'ils avaient affaire à une sans-abri. Ils me lancent des regards obliques, comme si je sortais à peine du caniveau et ils ont le toupet d'afficher une expression craintive quand je les approche. Comme si j'allais sortir un couteau ou quelque chose de ce genre et exiger qu'ils me donnent de l'argent.

C'est ce qui est en train de m'arriver pendant que je visite au hasard les jolis magasins qui bordent Ocean Avenue, dans le centre-ville de Carmel. Drew m'a déposée en haut de la colline en m'expliquant qu'il y avait une multitude de magasins et de galeries d'art le long de l'avenue principale et dans les rues attenantes. Il m'a dit que, si je le désirais, je pouvais explorer le quartier pendant des heures et j'ai accepté sa proposition avec joie parce que je savais que son père voulait lui parler seul à seul.

C'est ce qu'ils sont en train de faire. Je les imagine très bien, assis dans un restaurant, faisant semblant de déjeuner tandis que son père lui martèle l'éternelle série de questions sur le thème : « Qu'est-ce que tu veux de faire de ta vie ? ». Par chance, Adèle avait son rendez-vous habituel chez le coiffeur et elle ne pouvait pas déjeuner avec eux, même si elle a été à deux doigts d'annuler. Le père de Drew l'a arrêtée en disant qu'il voulait parler à son fils en tête à tête.

La déception sur le visage d'Adèle était évidente pour tout le monde, sauf pour lui.

J'en ai eu des frissons dans le dos. Cette femme me donne la chair de poule. Je ne l'aime pas et elle non plus. Pas du tout. Elle fait tout son possible pour passer du temps en compagnie de Drew et il tente de l'éviter à tout prix. Je ne comprends pas.

Bien sûr, qui suis-je pour me permettre d'émettre un jugement sur les familles dysfonctionnelles ? La mienne est une catastrophe.

Je m'arrête devant une devanture de magasin et regarde à travers la vitre. Les chaussures en vitrine sont probablement très chères. Je ne devrais pas les regarder, et je ne parle même pas d'entrer dans la boutique. Heureusement, la sonnerie de mon téléphone m'empêche de tenter quelque chose d'aussi audacieux.

—Dis-moi que tout va bien, réponds-je.

—Tout va bien, réplique Owen.

Au son de sa voix, j'ai l'impression de voir le sourire suffisant sur son visage.

—Tu ne devrais pas être à l'école ?

Il n'est que 14 heures. Il ne finit pas avant 15 heures.

—Ils nous ont donné notre après-midi aujourd'hui.

Il ment. La demi-journée de relâche, ce n'est pas avant mercredi, mais ça ne sert à rien de le lui faire remarquer. Je suis loin et il n'y a rien que je puisse y faire.

—Est-ce que maman est rentrée ?

—Ouais, hier, elle était là, mais c'était naze.

Il marmonne un juron.

—Elle était avec son nouveau mec.

Beurk. Je suis contente d'avoir échappé à ça. Même si je sais que, si j'avais été là, ma mère ne l'aurait jamais ramené à la maison. Elle aurait dormi chez lui.

—Il est sympa ?

—Non, c'est un abruti. Il n'a pas arrêté de donner des ordres à maman et de l'envoyer chercher des bières. J'ai fini par lui dire d'aller chercher sa saleté de bière lui-même.

Je pousse un grognement et je m'assieds, le dos appuyé contre le mur, ce qui me vaut quelques regards intrigués de la part des passants.

— Tu n'as pas fait ça ?!

— Bien sûr que si ! Il est vraiment mal élevé et c'est un soûlard. Maman mérite mieux que ça.

Je me garde bien d'acquiescer car je ne pense pas que notre mère mérite mieux. Elle a fait ses choix en connaissance de cause pendant toutes ces années et elle n'a cessé de reproduire ses erreurs. J'ai perdu le compte des connards alcooliques et sans gêne avec lesquels elle est sortie. Owen ne le voit pas parce que je l'ai protégé autant que possible de cette ribambelle de mecs.

— Est-ce que maman s'est énervée ?

— Elle n'a pas dit un mot, mais le type m'a menacé de me botter le cul si je lui répondais encore une fois.

— Bordel de merde ! dis-je entre mes dents en fermant brièvement les yeux.

Voilà pourquoi je n'aurais pas dû partir. Ça fait à peine trois jours que j'ai quitté la ville et tout part à vau-l'eau.

— J'espère qu'il n'a pas levé la main sur toi, sinon j'appelle les flics.

— Pfff…

Tous les garçons de treize ans se croient invincibles et mon frère ne fait pas exception à la règle.

— T'inquiète… Je lui botterais le cul d'abord.

— Je devrais rentrer.

La panique s'empare de moi peu à peu. Je sais que tout peut partir en vrille très vite en mon absence. Et ce qu'Owen me raconte en est la preuve.

— Je saute dans un bus, dans un train ou dans n'importe quoi et je rentre ce soir si tu as besoin de moi.

— Et les gamins pourris gâtés que tu gardes ? Tu ne peux pas lâcher ton boulot comme ça.

— Je le ferai si tu as des ennuis. Il n'y a pas de travail qui soit plus important que la famille.

Je jette un regard alentour et observe la foule de gens élégants qui glissent autour de moi. Il fait froid et un rideau de brume s'attarde dans l'air. Le trottoir est bondé de touristes et de gens du cru. Il n'est pas difficile de les distinguer.

— Reste où tu es et gagne cet argent. Je suis sûr qu'on en aura besoin.

Il baisse la voix et j'entends un cri derrière lui, sans doute un de ces bons à rien qui lui servent d'amis. Ils sont probablement tous à l'appartement, en train de vider notre frigo.

— Maman a perdu son travail.

Mon estomac fait un tour. Elle travaillait à temps partiel dans un magasin de pièces détachées de la ville, au salaire minimum. Rien d'exceptionnel, mais on a besoin de chaque centime qu'elle gagne. L'argent de Drew ne durera qu'un temps, surtout maintenant qu'elle est au chômage.

— Super… Quand est-ce que c'est arrivé ?

— Ce matin. Elle m'a envoyé un texto pour me prévenir. Elle m'a dit qu'elle allait dormir chez Larry.

— Alors tu vas être tout seul ce soir ?

Il n'en est pas question. C'est la dernière chose que je souhaite.

— Je vais chez Wade, ne t'inquiète pas. Je passerai la nuit là-bas.

Les mots sortent de sa bouche si rapidement que j'en ai la chair de poule.

Il ment. Je le sais. Je suis devenue tellement douée pour deviner ce qu'il pense que je pourrais être sa mère.

— Tu as intérêt. J'appellerai la mère de Wade plus tard dans la soirée pour savoir comment tu vas.

— Allez, Fable, arrête, quoi… Tu ne me crois pas, c'est ça?

Il s'est mis à gémir et il a de nouveau la voix de mon petit frère. Et je suis doublement convaincue qu'il est en train de mentir.

— Non. Pas quand je suis loin.

Mon téléphone émet un bip, indiquant que je viens de recevoir un texto, et je le décolle de mon oreille un instant pour regarder.

Ça vient de Drew. Le message ne contient qu'un seul mot.

Marshmallow.

Merde !

— Bon, il faut que j'y aille, mais je t'appelle plus tard et je parlerai à la mère de Wade. Tiens-toi bien, travaille bien et fais ce que tu as à faire.

— Fable, c'est vraiment des conneries…

— Salut !

Je raccroche avant qu'Owen ne m'énerve davantage et je renvoie immédiatement un texto à Drew.

Je ne peux pas voler à ton secours si je ne sais pas où tu es.

Après avoir envoyé ce message, je sens mon cœur cogner dans ma poitrine. C'est la première fois que Drew utilise le sésame et je suis inquiète pour lui. Hier, je suis restée toute la journée à la maison. J'ai passé l'après-midi entier à la plage tandis que Drew et son père sont allés jouer au golf sur un terrain situé non loin de là. Drew m'a expliqué qu'il y avait un nombre incroyable de superbes terrains de golf par ici, non que ça m'intéresse vraiment. Je trouve le golf ennuyeux, mais j'imagine qu'Adèle les a accompagnés, même si elle ne joue pas. Elle les a probablement suivis dans sa voiturette pendant toute la partie.

Le dîner du dimanche a été d'une étrangeté digne d'une étude de comportement. Adèle a tenté de parler avec Drew. Elle lui a posé des questions très personnelles tout en faisant comme si je n'existais pas. Son père, insensible à la tension ambiante, a enchaîné les verres de vin et, à la fin de la soirée, son discours manquait un peu de cohérence.

J'ai profité de la fin du repas pour m'éclipser, prétextant la fatigue des partiels et tous ces devoirs que j'avais dû rédiger, ce qui était un mensonge éhonté étant donné que je ne vais pas à la fac. Drew s'est réfugié derrière la même excuse. On a regagné l'annexe et nos chambres respectives. J'étais tellement fatiguée que je croyais m'endormir instantanément, mais je n'ai pas réussi. Je suis restée étendue pendant une heure à penser à Drew et à sa famille de cinglés.

Mon téléphone bipe de nouveau et je jette un coup d'œil à l'écran.

> Au restaurant à l'angle de la Sixième et d'Ocean Avenue. Il faut que je sorte d'ici. Je t'attends dehors.

On dirait qu'il va falloir que je sauve mon simulacre de petit ami de la coupe autoritaire de son père.

Drew

Dès que je l'ai aperçue, l'angoisse qui enserrait ma poitrine s'est dissipée et j'ai pris une profonde inspiration. J'attends devant le restaurant. J'ai dit à mon père que j'avais besoin de téléphoner, mais, en réalité, je voulais simplement attendre Fable.
Et m'éloigner de lui.
Elle me sourit en s'approchant, ses cheveux blonds tirés en arrière en une queue-de-cheval haute qui met en valeur ses joues rondes, son nez mutin et ses lèvres en bouton de rose. Plus je la regarde, plus elle me semble belle. Mais pas seulement belle…
Fable est sensuelle, avec ce corps magnifique que j'ai aperçu à différents degrés de nudité depuis qu'on dort dans l'annexe. Je l'ai surprise en serviette ce matin alors qu'elle sortait de la salle de bains et qu'elle traversait d'un pas rapide le couloir menant à sa chambre. Elle ne m'a même pas remarqué.
Mais moi, je l'ai vue. Sa peau blanche et crémeuse m'a donné envie de lui courir après. De la tenir serrée contre moi et de sentir ses bras autour de ma taille. D'enfouir mes doigts dans ses cheveux mouillés et de presser ma bouche contre la sienne…

Putain de merde ! À ce simple souvenir, j'ai l'impression que ma peau brûle. J'essaie autant que possible de garder tout le monde à distance, en particulier les filles, mais Fable me fait de l'effet. Elle me donne l'impression qu'il manque quelque chose dans ma vie.

Elle.

Vêtue d'un jean moulant et d'un sweat-shirt noir trop grand pour elle, elle me met l'eau à la bouche. Et je ne pense jamais comme ça. Jamais. Elle me pousse à penser et à ressentir des choses à la fois inconfortables et agréables.

En d'autres termes, Fable me met dans un état de trouble permanent.

— Je suis là.

Elle s'arrête juste devant moi. Sa figure arrive tout juste à la hauteur de ma poitrine. Elle me paraît si petite... Je pourrais la hisser sur mon épaule et l'emmener loin d'ici sans effort.

— Prête à voler à ton secours.

C'est la première fois que j'utilise le code Marshmallow et je suis content de voir avec quelle rapidité elle m'a rejoint. Ce n'est pas que mon père se comporte mal ou qu'il me crie dessus, mais il n'arrête pas de me poser des questions sur mon avenir. Des questions auxquelles je n'ai aucune réponse parce que je n'ai pas la moindre idée de ce qui va m'arriver.

En fin de compte, n'y tenant plus, à la minute où j'ai réussi à m'échapper aux toilettes, j'ai envoyé « Marshmallow ».

Et maintenant elle est là. Prête à m'emmener loin d'ici.

— Merci d'être venue.

— Est-ce qu'il te fait la vie dure ?
— Non, c'est juste que… je ne veux pas répondre à ses questions.
— Ah.

Cette simple interjection est chargée de toutes sortes de questions, elle aussi. Et il n'y en a pas une à laquelle je puisse apporter une réponse.

— Est-ce que le lèche-vitrines t'a plu ?

C'est ce que font les filles. Elles vont faire les magasins, dépensent de l'argent, même si je ne pense pas que Fable ait beaucoup d'argent à dépenser. Enfin, elle en aurait si elle voulait dilapider ce que je lui ai donné, mais je sais qu'elle le garde pour s'occuper de son frère.

Fable, la noble barmaid. On dirait le titre d'un conte de fées contemporain.

— Les boutiques sont trop chères à mon goût.

Même sa moue contrariée me paraît particulièrement attirante.

— Je n'ai pas les moyens de regarder les devantures, alors pour ce qui est d'acheter quelque chose… De toute manière, je ne suis pas très dépensière.

Qu'est-ce qu'elle aime faire à part aller à la plage ? J'ignore tout de cette fille. Et ce que j'en sais, je ne le comprends pas très bien. On est opposés sur presque tous les plans.

— Qu'est-ce que tu aimes faire ? Je veux dire… pendant ton temps libre.

Elle me lance un regard étrange et je me sens idiot.

— Tu as un hobby ou quelque chose dans le genre ?

Elle éclate de rire.

—Je n'ai pas le temps d'avoir des hobbies. Avant, j'aimais bien lire.

—Avant ?

—Je suis trop occupée maintenant, explique-t-elle en haussant les épaules. À travailler, à m'occuper de mon frère, à nettoyer l'appartement, et je suis tellement fatiguée à la fin de la journée que quand je m'écroule sur mon lit, je suis déjà endormie.

Elle détache son regard du mien.

—Je comprends.

Je me noie volontairement dans les occupations. Mon emploi du temps est surchargé, même si je n'ai pas la moindre idée de ce que je veux faire de ma vie à part jouer au football. Je sais que mon entraîneur est furieux que je ne sois pas resté sur le campus pendant les vacances pour m'entraîner et je me sens coupable. On a un gros match bientôt, j'ai besoin d'être au meilleur de ma forme.

—Vraiment ?

Elle a l'air étonnée.

Je hoche la tête.

—C'est plus facile comme ça, tu ne trouves pas ? Se maintenir occupé pour que personne ne puisse nous déranger.

Elle m'observe un moment, les yeux plissés. Elle a un regard perçant. Comme si ces yeux vert foncé pouvaient lire en moi et deviner tous mes secrets.

Je n'aime pas ça.

—Ah, te voilà !

Je me retourne pour voir mon père sortir du restaurant, visiblement irrité. Il jette un regard sur Fable et sa mâchoire se contracte.

— Il ne me semble pas avoir terminé notre conversation, déclare-t-il avec insistance.

— Oh, je suis désolée. Je pensais que vous aviez fini.

En bonne petite amie, Fable intervient en me prenant le bras et en collant son corps tiède contre le mien. Ses seins se pressent contre mon flanc et elle me contemple avec adoration.

— J'ai besoin de Drew. Je n'arrive pas à décider quelle paire de chaussures acheter.

Elle est douée. Il n'y a pas deux minutes, elle se plaignait de détester le shopping et à présent elle joue à la perfection la petite amie minaudière qui ne peut pas prendre une décision sans avoir mon avis.

— J'imagine que c'est pour ce soir ? demande mon père.

— Qu'est-ce qui se passe, ce soir ?

Super... Je ne veux pas me donner en spectacle. C'est déjà assez difficile de devoir faire semblant devant mon père et Adèle. J'aurais l'impression de jouer une grande scène de théâtre si on est devant un public plus nombreux.

— Il y a un dîner de Thanksgiving au country club. Je t'en ai parlé le soir où vous êtes arrivés.

Je n'ai aucune envie d'y aller. On dirait le neuvième cercle de l'enfer.

— Je ne sais pas...

— J'insiste, interrompt mon père d'un ton sans appel.

— Ça a l'air sympa.

Fable serre mon bras avec plus de force et je sens de la tension dans sa voix. J'ai comme l'impression qu'elle considère elle aussi la sortie de ce soir comme le neuvième cercle de l'enfer.

— Qu'est-ce qu'il faut que je porte ?

— Quelque chose d'assez élégant. Comme pour un cocktail.

Mon père jubile, conscient de mettre Fable mal à l'aise. C'est vraiment n'importe quoi.

— Je suis sûr que tu dois avoir une jolie robe dans ton sac à malice.

— Papa !

Je n'aime pas le ton qu'il prend quand il lui parle, mais comment est-ce que je pourrais lui tenir tête ? Je ne l'ai jamais fait auparavant. C'est mon père, après tout. Il est ma seule famille.

Je ne suis pas surpris qu'il ignore mon intervention.

— Adèle veut que vous soyez à la maison à 17 heures. Elle veut s'assurer qu'on sera prêts bien avant de partir, déclare mon père en jetant un coup d'œil à sa montre. J'ai rendez-vous avec un client dans une demi-heure. On se retrouve tout à l'heure.

Nous le regardons s'éloigner en silence. Elle reste suspendue à mon bras jusqu'à ce qu'il ait disparu. Puis elle s'écarte doucement et j'éprouve aussitôt une sensation de manque.

C'est complètement stupide.

— Je n'ai rien apporté qui puisse convenir pour un cocktail ou je ne sais quelle soirée mondaine.

Elle paraît stressée.

— Tu ne m'as pas dit de prendre quoi que ce soit !

J'aurais dû. Je suis idiot d'avoir oublié. Mon plan était tellement improvisé que j'ai oublié plein de choses. Je finis par lui proposer :

— Je vais t'acheter quelque chose. Allons jeter un œil aux boutiques. On a le temps.

Elle secoue la tête.

— Non. Tu as déjà dépensé bien trop d'argent pour moi. Je ne vais pas te laisser m'offrir une robe de soirée que je ne vais porter qu'une fois à un prix exorbitant. On n'est pas dans *Pretty Woman*.

En réalité, à bien y réfléchir, c'est un peu le cas. J'ai vu ce film, comme tout le monde. Je suis presque sûr que le personnage joué par Richard Gere paie Julia Roberts, qui incarne une prostituée, trois mille dollars pour qu'elle fasse semblant d'être sa petite amie. Et qu'il lui achète un tas de vêtements.

Les similitudes sont difficiles à nier.

— Ça ne me dérange pas.

Je lui prends la main et la serre doucement dans la mienne. Elle me regarde avec une expression étrange sur le visage, comme si elle n'arrivait pas à croire que je la touche volontairement, alors que personne ne nous regarde, mais je m'en fiche.

J'ai besoin de savoir qu'elle n'est pas la seule à faire quelque chose pour moi, mais que je peux l'aider, moi aussi. Je ne veux pas qu'elle soit mal à l'aise. Je ne veux pas que mes parents la dénigrent ou la poussent à s'inquiéter en sous-entendant qu'elle n'est pas à sa place. Le fait qu'on le sache tous les deux est amplement suffisant.

Pourtant, je n'ai pas l'impression d'être à ma place non plus. De l'extérieur, peut-être, mais à l'intérieur… Pas du tout. Personne n'est au courant de ce que j'ai dû endurer.

Et j'ai bien l'intention que ça continue.

On finit par trouver une de ces enseignes à la mode au fin fond du centre commercial en plein air devant lequel j'avais déposé Fable plus tôt. Elle se sent à peu près à l'aise. Elle connaît le magasin et, même si elle dit que c'est cher, ce n'est pas aussi terrible que la plupart des boutiques qui bordent Ocean Avenue, alors je tombe d'accord avec elle.

Le magasin est immense, rempli non seulement de vêtements, mais aussi de décorations d'intérieur, de linge de maison, de serviettes, de bibelots et d'un tas d'autres trucs sans intérêt. Fable se dirige tout droit sur les penderies où sont suspendues des robes et elle se déplace rapidement de l'une à l'autre, attrapant au passage une robe après l'autre pour les entasser sur son bras, tandis que les cintres en bois s'entrechoquent à chaque pas qu'elle fait.

—Eh! lui dis-je à voix basse en m'approchant d'elle et elle redresse la tête, les yeux écarquillés. Il n'y a pas le feu. On a tout le temps.

Elle soupire bruyamment et secoue la tête.

—Je n'ai pas la moindre idée de ce que je cherche. Je vais avoir besoin de ton avis.

Qu'est-ce que j'y connais, moi, aux robes de soirée ?

— Je vais t'aider.

Je propose parce que je sais que c'est ce que je suis censé faire.

— Mais tu vas devoir errer à côté des cabines d'essayage et me regarder passer chacune de ces robes pour me dire de quoi j'ai l'air. Je ne peux pas faire ça toute seule.

J'ai l'impression qu'elle a peur.

— Heureusement qu'il y a beaucoup de nouveaux modèles spécialement sortis pour les vacances. Avec un peu de chance, une de celles-ci fera l'affaire.

— Bonjour ! Voulez-vous que je vous prépare une cabine d'essayage ? propose une voix aiguë derrière nous et nous nous retournons pour voir à qui elle appartient. Drew Callahan ! Oh, mon Dieu ! C'est toi ?

Oh, non ! Mon pire cauchemar vient de prendre corps. J'ai été au lycée avec cette fille. Kaylie, je crois qu'elle s'appelle. C'est bien ce nom qui est inscrit sur son badge.

D'une voix empreinte d'hésitation, je demande :

— Comment ça va ?

Son sourire est si grand et si brillant qu'il m'aveugle presque. Quelqu'un a eu droit à une ou deux séances de blanchiment en trop.

— C'est si bon de te voir !

Elle se jette sur moi et je n'ai pas d'autre choix que de l'enlacer.

Je sens la curiosité et l'agacement qui émanent de Fable, tandis qu'elle se tient debout à mes côtés. Je lui jette un regard d'excuse auquel elle répond en levant les yeux au ciel.

Pour je ne sais quelle raison, ces retrouvailles impromptues lui tapent sur le système.

—Je suis content de te voir aussi, réponds-je à Kaylie en lui donnant une accolade gênée.

Elle me lâche. Elle affiche toujours cet énorme sourire et ses yeux sombres pétillent.

—Qu'est-ce que tu deviens ? Je veux dire : à part le football. On ne te voit plus dans le coin, fait-elle remarquer avec une moue factice. Tu manques à tout le monde.

—Je suis très occupé, dis-je en haussant les épaules.

—J'imagine que tu nous as oubliés. Tu ne reviens plus dans ta ville natale.

On dirait qu'elle a complètement oublié Fable, la cliente qu'elle est censée aider. Au lieu de s'occuper d'elle, Kaylie focalise toute son attention sur moi.

—Est-ce que tu arrives à croire que je suis obligée de travailler ici ? Papa m'a forcée à prendre un boulot pour m'apprendre la vie. Il prétend que je deviens incontrôlable avec mes factures de cartes de crédit à dix mille dollars par mois, dit-elle en riant.

Fable la regarde, bouche bée. Je viens de lui donner trois mille dollars qui suffiront à nourrir sa famille pendant des mois et cette fille se comporte comme si dépenser dix mille dollars par mois dans des foutaises n'avait aucune espèce d'importance.

—Hum ! Vous m'avez demandé si je désirais qu'on me prépare une cabine d'essayage, il me semble, intervient Fable de but en blanc.

Kaylie se tourne vers elle et son attitude change instantanément. De la petite employée modèle, elle se met à détailler Fable d'un œil critique, car il paraît évident que nous sommes ensemble.

J'espère de toutes mes forces que nous en avons l'air.

— Tenez, dit Fable en lui tendant les robes alors que Kaylie ne lui répond toujours pas. Vous seriez bien aimable de me préparer une cabine d'essayage.

Le sarcasme dans la voix de Fable est évident et je fais de mon mieux pour réprimer un sourire. Kaylie prend les robes des mains de Fable, la lèvre supérieure retroussée.

— J'espère qu'elles sont à la bonne taille. Elles ont l'air un peu petites.

Quelle harpie !

— Oh, c'est la bonne taille, réplique Fable avec un sourire fugace. C'est juste que j'ai une poitrine imposante, alors les gens ont l'impression qu'il me faut la taille au-dessus, mais je m'en arrange. Drew aime bien les décolletés qui font ressortir mes seins. Ça les rend plus accessibles. N'est-ce pas, mon cœur ?

Elle bat des cils et, cette fois, je ne parviens pas à retenir un gloussement.

Cette fille – ma fausse petite amie – est vraiment hilarante.

Appréciant l'expression amusée qui passe dans le regard de Fable, je m'empresse d'acquiescer :

— C'est vrai.

Kaylie marmonne quelque chose dans sa barbe et se dirige vers les cabines d'essayage.

— Eh bien. Elle était malpolie, dit Fable à l'instant où Kaylie est hors de portée.

— Désolé que tu aies dû assister à ça.

J'ai l'impression d'être tout le temps en train de m'excuser au nom du milieu dont je viens, qui traite Fable de manière si grossière. C'est vraiment naze.

Elle hausse les épaules.

— Ce genre de filles travaille toujours dans ce type de boutique. Elles ne m'aiment pas parce qu'elles savent que je n'ai pas les moyens d'acheter quoi que ce soit ici.

— Prends ce que tu veux, c'est pour moi.

Je tiens à ce que Fable ressorte de ce foutu magasin avec tellement de sacs qu'elle ne sera pas capable de tous les porter. Je ne plaisante pas. J'ai vu la manière dont elle regardait tout ce qu'il y a ici. Elle aime ça. Elle essaie de se donner un air nonchalant, mais je devine que ce genre de magasin serait son genre si elle pouvait se le permettre.

— Tout ce que je veux, c'est une robe, réplique-t-elle en prenant une petite voix.

— Et des chaussures, lui rappelé-je.

— C'est vrai. Et des chaussures.

— Et des bijoux, aussi, si tu en as besoin. Peut-être un truc à te mettre dans les cheveux ?

Je n'ai pas la moindre idée de ce qu'il lui faudrait. Je ne prête pas beaucoup d'attention à ce dont les filles ont besoin pour se mettre sur leur trente et un.

— Je trouverai quelque chose. Retrouve-moi devant les cabines dans un quart d'heure.

Elle me sourit doucement et ce sourire me frappe comme un coup en pleine poitrine, me coupant la respiration.

Je veux qu'elle me sourie comme ça encore. Un vrai sourire. Pas un de ces rictus forcés pour la galerie ni le faux sourire adorateur qu'elle m'a décoché plus tôt, quand mon père était là. Celui-là était vrai.

Et vraiment magnifique.

Fable s'éloigne pour se mettre en quête de la robe parfaite. Je me promène dans le magasin en regardant autour de moi. Je commence à me sentir mal à l'aise. C'est la première fois que je joue le rôle du petit ami attentionné qui aide sa copine à choisir une nouvelle tenue.

J'ai hâte de la voir dans autre chose que ces fringues décontractées qu'elle porte d'habitude.

— Dis-moi, Drew. Ta copine, elle est… différente.

Kaylie est de retour.

Super…

— Qu'est-ce que tu entends par là ?

Je me tourne vers elle, réellement intéressé par son opinion. Pourquoi Fable est-elle si différente ? Je n'arrive pas à cerner cette fille.

— Elle ne ressemble pas à ton type de copine habituel, fait remarquer Kaylie en haussant les épaules.

Je n'ai jamais eu de type de copine. Je n'ai jamais eu de copine régulière au lycée. J'étais trop occupé à jouer au football et au base-ball. J'ai dû faire un choix entre les deux après ma première année à l'université. Alors je n'avais pas du tout le temps de draguer les filles.

— Depuis combien de temps vous êtes ensemble ? demande Kaylie devant mon absence de réponse.
— Depuis le mois d'août.
— Oh.

Kaylie hoche la tête en mordillant sa lèvre inférieure. Sa moue me laisse de glace.

— Tu sais, Drew, j'ai toujours eu un faible pour toi au lycée.

Ce n'est pas vrai ! J'aimerais grogner à haute voix, mais je me retiens. Rien ne se passe comme prévu. Je ne veux pas avoir à gérer ça.

— Euh...
— Tu ne m'as jamais remarquée, quoi que je fasse. Pourtant, j'ai tout essayé.

Kaylie fait un pas dans ma direction et fait glisser son index sur ma poitrine, s'attardant sur les boutons de ma chemise sans col.

— Waouh ! Tu es musclé.
— Kaylie, dis-je en reculant d'un pas. Je suis avec quelqu'un.
— C'est bien dommage.

Elle fait de nouveau la moue et c'est raté. Si elle croit que ça lui donne un air mignon, elle se trompe complètement.

— J'ai toujours été le genre de fille à désirer ce que je ne peux pas avoir.

Le fait qu'elle vienne de l'admettre montre à quel point elle est cinglée.

— Il faut que j'aille aider ma copine. À plus tard.

—Appelle-moi si elle a besoin de quoi que ce soit! me hurle Kaylie tandis que je m'éloigne.

Ouais, c'est ça. Je vais rester aussi loin de cette fille que possible. Si Fable avait vu ce que Kaylie vient de me faire, elle lui aurait cassé la figure. Je n'en reviens pas qu'elle se soit permis de me toucher.

Avoir une fausse petite amie attire sur moi beaucoup trop d'attention.

Fable

Après avoir essayé un bon nombre de modèles pendant presque une demi-heure, j'ai enfin trouvé la robe parfaite. Je l'avais gardée pour la fin. C'est comme si j'avais su dès le premier coup d'œil que c'était la bonne. Drew m'attend patiemment de l'autre côté de la porte et la fille qui s'occupe des cabines lui a apporté une chaise.

Je prends plaisir à sortir de la cabine pour lui montrer la robe suivante. Il est assis là, avachi sur sa chaise, les jambes écartées, et l'ennui se lit sur son beau visage. Je le torture, je le sais, mais son regard s'illumine chaque fois qu'il me voit, même quand la robe est horrible.

Et il est honnête, ce qui est appréciable. Il n'a pas hésité à me dire que les quelques robes vraiment affreuses que j'ai essayées ne m'allaient pas. Jusqu'à présent, il préfère la première, et je sais que c'est un bon choix, mais celle-ci…

celle que je porte à présent est si magnifique que j'en ai presque les larmes aux yeux.

C'est aussi la plus chère de toutes. Elle coûte quatre cents dollars. Je suis rongée par la culpabilité. Je ne devrais pas la convoiter. C'est trop d'argent. Mais elle me va si bien ! Et je n'aime pas me vanter mais, oui, comme je l'ai dit à cette pimbêche qui connaît Drew, elle met ma poitrine en valeur et le décolleté n'est ni trop plongeant ni trop vulgaire. Cette robe est discrète, élégante…

Elle lui a à ravir.

Prenant une grande inspiration, j'ouvre la porte et je pénètre dans l'antichambre. Drew est toujours avachi, le regard dans le vague. Il cligne lentement des yeux et se redresse, les yeux écarquillés pendant qu'il me contemple.

—Waouh ! s'exclame-t-il avant de s'éclaircir la gorge.

Je n'arrive pas à contenir le sourire qui s'esquisse sur mon visage. Je fais un tour sur moi-même en imaginant les talons hauts que j'aimerais acheter pour aller avec cette robe. Je ne veux pas dépenser trop d'argent en chaussures, par contre. Peut-être qu'il y a un Payless ShoeSource dans le coin, ou ce style de boutique.

Mais oui, bien sûr…

Quand je suis en face de lui, je lui demande :

—Ça te plaît ?

La robe de soie noire sans manches est agrémentée d'un corsage en dentelle qui remonte jusqu'aux clavicules. Elle est moulante, cintrée à la taille et s'arrête au milieu des cuisses, dévoilant une grande longueur de jambe.

Mais la meilleure partie, c'est le dos. Il est taillé en V, bordé de dentelle en velours noir et laisse entrevoir une grande surface de peau nue. Impossible de porter de soutien-gorge avec ça.

—Prends-la, dit-il sans hésiter. Tu as l'air…

—C'est bien ? Vraiment ? Elle est peut-être un peu courte.

Je baisse les yeux sur mes jambes.

—Et j'aurai besoin de chaussures.

—Prends ce que tu veux, ça me fait plaisir. C'est cette robe qu'il te faut.

Son regard s'attarde sur mes jambes qu'il scrute avec un air appréciateur.

—Et, soit dit en passant, je ne trouve pas qu'elle soit trop courte.

Je sens l'excitation me gagner. Il adore cette robe. Il me regarde comme s'il me désirait et, je sais que c'est dingue, mais j'en redemande. Je veux qu'il me dévore encore du regard. Toute la soirée.

—Il y a un problème, cela dit.

Je danse d'un pied sur l'autre, essayant de faire abstraction de l'inquiétude qui me saisit. Je ne veux pas qu'il me dise non.

—Ah bon ? Lequel ?

Il se lève et s'approche de moi. Mes genoux menacent de se dérober sous moi et je me campe fermement sur mes jambes en espérant désespérément ne pas tomber comme une imbécile simplement parce qu'il s'approche de moi avec ce regard sombre et intrigant.

Comme s'il voulait m'avaler toute crue.

Je fais remarquer dans un murmure :

— Cette robe coûte presque quatre cents dollars.

Je pourrais faire des courses gargantuesques avec tout cet argent. Payer une bonne partie de notre loyer. Acheter une robe que je ne vais porter qu'une seule fois à ce prix-là est complètement inconsidéré.

Drew ne bronche pas.

— Je te l'offre quand même.

Il s'arrête juste devant moi et pose ses grandes mains sur ma taille. Ce contact me brûle à travers le tissu et je sens chacun de ses doigts se presser contre ma chair. Mon cœur chavire.

— Tu es magnifique, Fable.

— Je... je l'aime beaucoup aussi.

J'ai le souffle court et j'aimerais pouvoir me botter les fesses. Jamais un mec ne m'a coupé le souffle. Ni fait battre le cœur à mille à l'heure non plus.

Mais celui-ci y parvient et je ne sais pas comment il fait.

— Vous avez trouvé quelque chose qui allait ?

Kaylie se tient juste derrière Drew et me jette un regard méprisant. J'en viens à me demander si Drew me touche uniquement pour jouer la comédie devant elle.

Mon corps tout entier se relâche lorsque j'en prends conscience et je me dégage de son étreinte.

— Je dois me changer. Il faut qu'on y aille. Je dois encore me trouver des chaussures.

— C'est pour une occasion particulière ?

Kaylie a prononcé ces mots d'un ton gai et enjoué, mais je décèle le venin juste sous la surface. Cette fille a l'air d'avoir envie de planter ses griffes dans la chair de Drew.

Puis de m'arracher les yeux avec.

— Mon père nous traîne au dîner de ce soir, à Pebble Beach, lui répond Drew.

— Oh, j'y serai aussi. Il faut qu'on rattrape le temps perdu.

Elle glousse et je rentre dans la cabine en claquant la porte assez fort pour faire trembler les murs.

Qu'on rattrape le temps perdu.

Elle a bien choisi ses mots. Si elle ne fait pas attention, je vais finir par balancer un crochet du droit dans son nez trop parfait.

Chapitre 6

Jour 2, 18 h 17

« N'oubliez pas que le grand amour et les grandes réussites supposent de grands risques. » Dalaï-Lama

Fable

—Mon père est en train de saturer mon téléphone de messages, me crie Drew depuis le salon. Tu es prête ? Ils menacent de partir sans nous si on n'est pas prêts à 18 h 30.
Putain de merde !
Mes mains tremblent tandis que je finis de m'appliquer du mascara et j'ai peur de m'éborgner. Et Drew qui me répète sans arrêt que ses parents nous attendent ne m'aide pas. De toute ma vie, jamais je n'ai été aussi préoccupée par mon apparence, pas même avant mes bals de promo de

première et de terminale, pour lesquels j'ai passé des heures à me préparer. J'avais économisé pour m'acheter la robe bon marché de chez J. C. Penney, pensant que j'avais l'air sexy, alors que je ressemblais probablement à une petite fille déguisée en adulte.

Et me voilà vêtue d'une robe, de chaussures et de divers accessoires qui coûtent presque mille dollars. Drew n'a pas bronché lorsque Kaylie lui a annoncé le montant final après avoir scanné les articles à la caisse. Il lui a tendu sa carte de crédit sans un mot. Elle ne s'est pas privée de me jeter un regard de mépris à la fin de la transaction.

J'espère que cette pimbêche ne sera pas au country club ce soir. Ce sera assez difficile comme ça sans qu'elle vienne en rajouter.

— Fable.

Drew frappe si fort que la porte de la salle de bains s'ouvre à la volée. Par chance, je ne suis pas nue. Il sait bien que je ne le suis pas. Je m'en fais pour rien. Il est debout sur le seuil, splendide dans son pantalon noir, sa chemise de soie grise à col boutonné et sa cravate noire. J'ai la bouche sèche tandis que je l'observe dans le miroir et il me contemple avec une expression ébahie. Il me déshabille du regard, j'ai l'impression qu'il me touche avec les yeux.

— Euh... tu es prête ? me demande-t-il d'une voix rauque.

— Donne-moi deux minutes.

Je détache mon regard de lui et fouille dans ma pochette à maquillage, de laquelle je sors un brillant à lèvres rose pâle.

Je l'ouvre et le passe sur mes lèvres que je presse ensuite l'une contre l'autre en me contemplant dans le miroir.

J'ai attaché mes cheveux en un chignon haut qui met en valeur le dos de la robe en laissant échapper quelques boucles qui retombent autour de ma tête. Je me suis fait les yeux charbonneux, J'ai appliqué du blush sur les joues et je porte du brillant à lèvres pâle, ce qui me donne un look discret. Cette robe est la perfection même — je n'arrive pas à croire à l'allure que j'ai dedans— et les chaussures que je porte sont dangereusement hautes, à tel point que je dois presque arriver à l'épaule de Drew. J'espère que je ne vais pas me casser la figure.

Des boucles d'oreilles brillantes et un bracelet assorti rehaussé de strass viennent compléter ma tenue. Je me sens presque trop habillée pour l'événement, mais Drew ne se plaint pas, alors moi non plus. J'attends toujours qu'il me dise ce qu'il en pense et je me concentre sur la fermeture Éclair de ma pochette à maquillage. J'espère qu'il me trouve jolie. Quant à lui, il est magnifique, mais ce n'est pas étonnant. Ce mec pourrait porter un simple sac en papier en guise de pagne, on aurait l'impression que c'est un vêtement conçu par un styliste.

J'ai appelé la mère de Wade, l'ami d'Owen, plus tôt dans la soirée et elle m'a assuré que mon frère dormait chez eux, alors je suis rassurée à ce sujet. J'ai essayé de joindre ma mère, mais elle n'a pas répondu. Je lui ai envoyé un texto pour lui faire savoir que j'allais bien.

Toujours pas de réponse. Elle passe probablement la soirée avec son jules du moment et n'a pas une minute à m'accorder.

Je redresse les épaules et me retourne pour faire face à Drew. Il a les mains accrochées à la partie supérieure du chambranle et se tient penché dans la salle de bains, sa chemise épousant sa poitrine, ce qui le fait paraître encore plus grand que d'habitude. Je sens son parfum. C'est une fragrance très agréable. Il sent le propre avec une touche de citrus qui me donne envie de blottir ma tête dans son cou et de respirer son odeur. Et peut-être même de goûter sa peau d'un coup de langue...

Je ne contrôle plus mes pensées et il nous reste trop de temps à passer ensemble. Je vais être dans tous mes états le jour de Thanksgiving.

Tu peux le faire. C'est un mec comme les autres. Et les mecs n'ont aucun pouvoir sur toi.

—Prête ? demande-t-il après un silence probablement un peu trop long.

Je hoche la tête et lui montre mon téléphone.

—Je n'ai rien pour mettre ça. Le sac à main que j'ai apporté est énorme, il n'irait pas du tout avec cet ensemble.

Un léger sourire se forme sur ses lèvres pleines.

—Est-ce qu'il faut que tu l'aies avec toi ? Tu peux le laisser ici. On ne sera partis que quelques heures.

—Euh...

Ma voix se brise. Quelques heures, c'est trop long pour que je puisse me passer de mon téléphone.

—J'en ai besoin. Et si mon petit frère a besoin d'aide ? Ou ma mère ?

Son expression se radoucit, empreinte de compréhension.

— Est-ce que tu peux le mettre dans ton soutien-gorge ?

Je me mets à glousser, ce que je ne fais jamais.

— Je suis surprise que tu connaisses cette ruse de bonne femme.

J'ajoute en retrouvant mon sérieux :

— Je ne peux pas. Je n'en porte pas.

Il a l'air d'avoir avalé sa langue. Sa réaction suffit à me réjouir et je ne regrette pas de lui avoir révélé cette information.

— Je peux le mettre dans ma poche, si tu veux.

— C'est vrai ? Merci beaucoup, c'est sympa.

Je règle le téléphone sur vibreur. Je lui tends l'appareil et nos doigts s'effleurent. Je sens une décharge d'électricité parcourir mon bras que je frotte d'un air absent en regardant Drew glisser mon téléphone dans sa poche.

— Allons-y. On les retrouvera à la voiture.

Je le suis hors de la maison jusqu'au gigantesque garage pourvu de quatre places de parking. Ces gens vivent dans un luxe sidérant !

— On va faire le trajet avec eux ?

— Mon père insiste.

Il n'a pas l'air enchanté, ce qui me rassure. Je n'ai pas non plus envie de monter en voiture avec eux.

— J'imagine qu'on pourra en profiter pour se soûler si on a envie.

Mais il est déjà venu de nombreuses fois au *Room*.

— Je ne t'ai jamais vu ivre. Il me semble me rappeler que tu n'aimes pas perdre le contrôle. Pour moi, être soûle équivaut à perdre le contrôle.

Il lève les yeux vers moi.

— Tu as raison. Tu m'as complètement cerné.

Quand nous arrivons à proximité du garage, je murmure :

— Pas tout à fait.

J'aimerais bien, mais il garde ses secrets pour lui.

— Tu ne prends pas de veste ?

Je secoue la tête, retenant le soupir qui est sur le point de m'échapper lorsqu'il prend ma main dans la sienne. La manière dont je réagis à son contact est ridicule ! Je dois absolument me maîtriser. Rien de tout ça n'est réel et il faut que je m'en souvienne. Peu importe à quel point c'est agréable.

Et sentir nos doigts entrelacés est extrêmement agréable.

— Tu vas avoir froid, me dit-il, alors qu'on vient de s'arrêter devant le garage pour attendre ses parents.

Un éclair de satisfaction me traverse parce qu'après nous avoir demandé de nous dépêcher depuis qu'on est rentrés à la maison, c'est leur tour de nous faire attendre.

— Tu pourras peut-être me tenir chaud…

Avec un grand sourire, je lui donne un petit coup d'épaule, m'extasiant sur la puissance de son biceps. J'espère toujours le surprendre torse nu, mais l'occasion ne s'est pas encore présentée. Je sais que, sous ses vêtements, il est bâti comme un dieu et je veux contempler cette musculature divine.

Il hausse un sourcil. J'adore quand il fait ça.

— Tu ne serais pas en train de flirter avec moi par hasard ?

Je suis sur le point d'en rajouter une couche quand ses parents apparaissent et s'avancent vers nous d'un pas rapide tandis qu'une porte de garage s'ouvre, révélant la magnifique Range Rover noire garée à l'intérieur. J'essaie de prendre un air nonchalant en m'approchant de la voiture. Drew m'ouvre la portière pour que je puisse m'asseoir la première sur le siège arrière. Sans que je m'y attende, il se glisse dans la voiture juste après moi et je jurerais avoir senti ses doigts effleurer l'arrière de ma cuisse l'espace d'un instant.

Mais, une fois installé, son expression est complètement neutre et je me dis que je l'ai imaginé.

Ses parents ne parlent pas vraiment et ça me met mal à l'aise. Je me demande s'ils viennent d'avoir une dispute ou s'ils sont seulement énervés parce que j'ai mis trop de temps à me préparer. Drew m'a assuré plus tôt que le dîner ne commençait pas avant 19 heures, alors, même maintenant, il nous reste encore une demi-heure. Ils aiment peut-être arriver en avance pour avoir une bonne table. Merde, je n'en sais rien.

Je me suis laissé embarquer là-dedans sans savoir à quoi m'attendre et ça me rend nerveuse.

Drew me prend la main et je croise son regard. Il me sourit dans l'obscurité. J'ai soudain l'impression qu'il n'y a que nous deux contre le monde entier. On est dans le même bateau et il nous faudra compter l'un sur l'autre pour nous en sortir. C'est complètement mélodramatique et stupide, mais je ne peux pas m'empêcher de le ressentir.

Je ne peux pas non plus m'empêcher de l'observer un peu trop longtemps, émerveillée par la beauté virile de son visage. C'est injuste, mais certaines personnes sont écœurantes de beauté, et Drew en fait partie. Il est tellement beau qu'il devrait me faire fuir.

Avec ce mec, je ne me sens pas dans mon état normal, et je perds mes moyens. J'ai l'impression que plus je le regarde, plus ma tête s'allège, comme si mes cellules grises s'évaporaient. Je me demande s'il sent mon regard peser sur lui.

Lorsqu'il se tourne vers moi, je me rends compte qu'il l'a senti. Il sourit et la vue de son sourire calme la nervosité qui me gagne et les battements de mon cœur. Je lui pose la première question qui me vient à l'esprit.

— Qu'est-ce que veut dire le D ?

Il fronce les sourcils et secoue la tête.

— Quel D ?

— Ton deuxième prénom. Tu t'appelles bien Andrew D. Callahan, non ?

Je marque une pause, espérant que ses parents ne nous écoutent pas. Son père fait une marche arrière pour sortir la voiture du garage et Adèle lui chuchote quelque chose que je n'entends pas.

— Ah, ça ! répond-il en hochant la tête et en prenant un air mystérieux, comme s'il détenait le secret de l'éternelle jeunesse. D'après toi, qu'est-ce que ça veut dire ?

J'ai comme l'impression que lui aussi est en train de flirter avec moi. J'aime ça. Ça rend le moment moins pénible, en particulier avec la scène de ménage qui se déroule sur le siège avant.

— Dumbledore ?

Il glousse et fait non la tête.

—Non.

Je pose mon index sur mon menton.
—Daniel.
—Non plus.
—Dylan.
—Euh… c'est plus en phase avec les origines irlandaises des Callahan, mais ce n'est pas encore ça.

Je passe en revue quelques prénoms en D, tous aussi ridicules les uns que les autres, puis, enfin, j'ai une illumination.
—David, murmuré-je.

Son sourire s'élargit.
—Tu as fini par trouver.

Je lui décoche un grand sourire avant de demander :
—J'ai droit à une récompense ?
—Bien sûr, réplique-t-il sur un ton léger. Qu'est-ce que tu veux ?
—C'est à moi que tu poses la question ? Est-ce que ce ne serait pas plutôt ton rôle de fixer la récompense ?
—Tu peux avoir ce que tu veux.

Il me caresse la paume avec son pouce, ce qui me fait frissonner.
—Demande et c'est à toi.

On ne s'est pas encore embrassés. Enfin, je lui ai donné un baiser sur la joue la nuit dernière, mais sinon, rien. Et c'est ça que je veux. Un baiser de Drew. Et je ne parle pas d'un long baiser langoureux durant lequel nos langues se chercheraient, même si cette perspective est assez agréable.

Je veux simplement sentir ses lèvres pressées contre les miennes rien qu'une fois, savoir si elles sont douces, quel goût il a, si son souffle est chaud. J'ai envie de connaître cette excitation, cette tentation qu'on ressent lorsqu'on embrasse quelqu'un pour la première fois.

Mais est-ce que j'aurai le cran de le lui demander ?

Drew

Elle hésite et je ne sais pas pourquoi. Je sens l'excitation bouillir dans mes veines tandis que j'attends sa réponse. Je ne sais pas quelle bête m'a piqué, mais il semble qu'elle soit prise de la même frénésie que moi et on est en train de se charmer tous les deux. On flirte vraiment, pas parce qu'il le faut, mais parce qu'on en a envie.

Ça aide à évacuer la tension qui émane des sièges avant. Je n'ai pas la moindre idée de la raison de leur dispute, mais je ne vais pas les laisser me déprimer. J'ai une fille splendide assise à côté de moi dans l'obscurité, sur la banquette arrière d'une voiture, et elle porte la robe la plus sexy que j'aie jamais vue. Celle-ci couvre presque tout son buste, mais elle épouse ses formes et la jupe est tellement courte que je n'aurais pas besoin de faire beaucoup d'effort pour glisser ma main en dessous et la caresser.

Mais c'est le dos qui me fait craquer et me donne envie de l'arracher pour pouvoir contempler Fable entièrement nue, cette coupe en V qui descend entre ses omoplates, la façon dont elle expose toute cette peau douce et soyeuse, la dentelle délicate posée sur sa chair. Merde, chaque fois que je la regarde, je suis fichu. Les doigts me démangent tellement j'ai envie de la toucher là.

De la toucher partout.

— Je veux que tu m'embrasses, déclare-t-elle finalement d'une voix si douce que j'ai du mal à l'entendre.

L'espace d'un instant, je me dis que j'ai des hallucinations ; je n'arrive pas à croire qu'elle me demande de l'embrasser.

En jetant un regard à l'avant, je remarque que mes parents ne nous prêtent aucune attention. La radio diffuse un morceau de jazz et ils discutent à voix basse. Ils ont tous les deux l'air furieux et je me demande si leur discussion me concerne.

En cet instant, je m'en fiche. Et je ne devrais jamais m'en faire pour ça. Les raisons de leur dispute ne me regardent pas.

— Drew.

La voix douce de Fable me ramène à la réalité. Je la regarde et me perds dans ses yeux verts.

— Tu m'as entendue ?

— Oui, dis-je dans un murmure en déglutissant à grand-peine.

Merde, mes parents sont juste là. Adèle n'a qu'à tourner la tête de quelques degrés pour nous voir. Elle risque de ne pas apprécier le fait que j'embrasse Fable sous ses yeux. Elle pourrait péter un câble. Je ne sais pas si j'ai envie de prendre le risque.

Arrête de faire ta chochotte, mec. Embrasse-la, imbécile. *Embrasse-la!*

Je me penche par-dessus la console centrale, tends le bras et passe la main sur la joue de Fable. Sa peau est douce. Elle ferme les yeux et entrouvre les lèvres. Sa langue sort et humecte délicatement sa lèvre supérieure. Une fois. Doucement, avec la légèreté d'un papillon, je pose les lèvres sur les siennes pendant quelques instants avant de m'écarter.

Elle bat des paupières en rouvrant les yeux et me scrute de ce regard qui me donne l'impression qu'elle peut percer tous mes secrets. Les bons comme les mauvais. Le beau et le laid.

— C'est tout ce dont tu es capable ?

Elle me provoque. Je vois la lumière qui brille dans ses yeux, la courbe formée par ses lèvres. Et puis merde! J'ai encore envie de l'embrasser, alors je l'embrasse.

Cette fois, elle passe la main derrière ma tête et la maintient contre sa bouche pour que je ne puisse pas m'échapper, même si je n'en ai pas la moindre envie. Elle glisse ses doigts dans mes cheveux et me caresse la tête tandis que nos lèvres se cherchent sans relâche. Le contact de sa main est agréable. Je pousse un petit gémissement et fais glisser ma langue sur sa lèvre supérieure, savourant le goût sucré de ses lèvres. Elle les écarte légèrement pour s'ouvrir à moi et j'en profite.

J'explore doucement sa bouche de ma langue. Elle a un goût incroyable et je me raidis d'un seul coup. Je me consume de l'intérieur. Je suis tellement dur que c'en est douloureux. Je n'arrive pas à me souvenir d'avoir déjà été excité aussi vite. Notre session de baiser est en train d'échapper à tout contrôle et j'ai peur que mes parents ne sortent de leurs gonds en nous voyant nous embrasser sur la banquette arrière comme un couple d'adolescents.

Mais je chasse immédiatement cette pensée de mon esprit. Je me fiche qu'ils nous voient ou non. Je m'oublie à son contact, à la sensation de son corps qui épouse le mien. Je me laisse griser par le goût de ses baisers, par le son de sa respiration.

Ma main est posée sur sa taille et mes doigts massent le tissu soyeux de sa robe. La route qui mène à Pebble Beach est sinueuse et mon père conduit assez vite, ce qui nous fait basculer l'un contre l'autre sur le siège arrière. J'en profite encore et l'attire plus près ; j'aime qu'elle se laisse faire si facilement. Elle enroule ses bras autour de mon cou et dévore ma bouche, sa petite langue cherchant la mienne.

Ce baiser n'est pas pour la galerie. On ne joue plus. On s'embrasse parce qu'on en a envie. Et on ne peut plus s'arrêter.

Ça ne fait que deux jours que nous nous sommes engagés dans cette relation factice et nous voilà entrelacés comme des bretzels, à espérer que cette étreinte s'éternise.

C'est du moins ce que je ressens.

La voiture fait un brusque écart sur la gauche qui m'envoie valser et je retombe sur Fable.

—Andy !

Adèle réprimande mon père et il marmonne des excuses à moitié sincères en ralentissant son allure.

Je mets fin le premier au baiser, ouvrant les yeux pour découvrir qu'elle est en train de me regarder. Elle a l'air médusée. Elle a les lèvres humides et les joues rouges. Elle est encore plus jolie que lorsque je l'ai vue dans la salle de bains pour la première fois dans cette robe sexy, abasourdi par cette vision.

Elle est plus jolie parce que c'est moi qui ai allumé cette lueur dans ses yeux et qui ai fait monter le sang à ses joues.

— On...

Elle déglutit à grand-peine, le souffle court, et se passe de nouveau la langue sur les lèvres. Je me penche rapidement vers elle et j'appuie mon front contre le sien. Je ferme les yeux et compte jusqu'à cinq avant de les ouvrir de nouveau, essayant de rassembler mes esprits pour ne pas avoir l'air d'un abruti. Quand je finis par retrouver ma voix, je m'écarte légèrement d'elle et lui demande :

— On quoi ?

Je n'ai pas envie de la lâcher. J'adore la tenir dans mes bras, sentir ses courbes remplir mes paumes et sa bouche fusionner avec la mienne.

Putain de merde ! Ce n'est pas mon genre de penser comme ça. D'habitude, je fuis ce genre de situation. Les baisers, le sexe et tout ce qui va avec mènent à... je ne peux pas l'expliquer. Le sexe est une mauvaise chose. Il nous conduit à faire ce qu'on n'a pas envie de faire, ou alors ça procure des sensations agréables, mais on a conscience que c'est mal. Pour moi, ça a toujours été une expérience... honteuse.

Je déteste cette sensation. Je déteste me sentir coupable d'avoir fait quelque chose d'absolument génial. Je déteste avoir été avec des gens avec qui je n'aurais pas dû et qui ont tout gâché pour moi.

C'est ce que je méprise le plus, ce qui me pousse à éprouver un tel ressentiment. Plein d'aigreur, je suis tenté de dire à Fable qu'elle n'a aucun intérêt à me fréquenter, même s'il s'agit d'une relation factice.

Surtout si c'est factice.

— Il faudrait qu'on remette ça. Qu'est-ce que tu en penses ?

Elle passe de nouveau ses doigts dans mes cheveux et je ferme les yeux, savourant sa caresse. Je ressens soudain le besoin incontrôlable d'être touché par un être humain. D'être touché par Fable.

Déboussolé, je demande :

— Tu veux dire s'embrasser ?

Je ne sais pas de quoi elle parle, je suis trop distrait par la manière dont elle me touche et le son de sa voix.

— Oui. Il faut qu'on fasse bonne impression ce soir, non ?

Minute… Qu'on fasse bonne impression ?

Est-ce que c'était une sorte de séance d'entraînement ?

— Euh… oui, bien sûr.

— On va devoir donner le change devant les amis de tes parents et probablement quelques-uns des tiens pour qu'ils croient qu'on est vraiment ensemble, tu ne crois pas ?

Elle se dégage de mon étreinte et j'éprouve soudain une sensation de vide entre les bras. Elle s'installe confortablement sur son siège, le souffle haletant. Au moins, je sais que ça a eu un effet sur elle, d'une manière ou d'une autre.

— Si, tu as raison.

Je hausse les épaules. J'ai l'impression d'avoir été utilisé. C'est tellement ridicule !

— Parfait.

Le sourire sur son visage me sidère. Je ne pensais pas qu'elle était si belle, il y a une semaine. Mais je ne la connaissais pas. Elle commence à me faire de l'effet. Beaucoup d'effet. Je veux apprendre à mieux la connaître. Elle est toujours aussi mystérieuse à mes yeux, mais moi aussi, j'ai mes secrets. Mais je ne peux pas les lui révéler.

Ça la ferait fuir.

Fable

Il embrasse bien.

Drew ne sait pas à quel point son baiser m'a bouleversée. Je me sens mise à nu, vulnérable. Je viens de lui jouer la comédie, comme si on ne faisait que s'embrasser pour rendre plus convaincant notre couple factice, mais ce n'est pas vrai. Ce baiser n'avait rien à voir avec la mascarade que nous jouons à ses parents.

Ce baiser en dit long sur mon désir d'obtenir davantage de lui que ce qu'il est prêt à donner.

Mon corps tout entier tremble et je prends une profonde inspiration. La voiture ralentit et tourne pour s'engager dans une allée et je devine qu'on est arrivés. Le country club nous attend, probablement plein à craquer de snobs méprisants, et je suis toujours incroyablement tendue. Et ce baiser n'a fait qu'accroître ma nervosité. L'adrénaline court dans mes veines, je tremble d'excitation. Je regarde à travers la vitre et observe le paysage qui s'étend devant nous. J'ai besoin de détacher mon esprit des lèvres et de la langue magiques de Drew.

Alors je concentre toute mon attention sur un détail sans importance. Je me dis qu'il faut qu'on passe en voiture sur 17-Mile-Drive avant de partir afin que je puisse contempler toutes ces maisons et l'océan, m'imprégner de leur beauté et de leur richesse. Je ne peux pas manquer ça. On est à deux pas de ces maisons splendides avec leurs jardins tranquilles. Tout est si beau que c'en est presque douloureux à regarder trop longtemps. Oui, je devrais vraiment me concentrer sur les routes panoramiques et l'océan.

Pas sur les beaux garçons qui m'embrassent et me font perdre la tête au point de me laisser submerger par mes émotions.

— Est-ce que j'ai l'air bien ?

Je passe ma main dans mes cheveux en espérant qu'ils ne soient pas trop ébouriffés.

— Tu es magnifique.

La sincérité de son ton me touche profondément. Cet homme pourrait faire ce qu'il veut de moi et il n'en a même pas conscience.

Je lui jette un coup d'œil. Il a la bouche enflée, les yeux qui pétillent et les cheveux en bataille là où j'ai passé ma main. En dehors de ça, il a l'air parfait.

Il est vraiment splendide. Mais ce n'est pas nouveau.

Je tends le bras pour remettre ses mèches en place en le peignant avec mes doigts. Je m'attarde plus longtemps que nécessaire, mais ses cheveux sont si doux… J'adore la manière dont ils glissent entre mes doigts. Il ne dit pas un mot. Il bouge à peine, même si ses yeux d'un bleu intense restent rivés sur moi pendant tout ce temps. Quand j'ai fini, je m'écarte de lui et me blottis dans mon siège avec un soupir de soulagement.

— Voilà, dis-je en m'éclaircissant la voix quand je me rends compte qu'elle tremble toujours. (*Bon sang !*) Maintenant, tu es présentable.

La voiture s'arrête devant une ancienne bâtisse qui ne manque pas d'allure et ma portière s'ouvre soudainement. Un homme en uniforme vert foncé et blanc regarde à l'intérieur avec un sourire aimable.

— Souhaitez-vous que je vous aide à descendre, mademoiselle ?

— Oui, merci.

Je pose la main sur le gant blanc qui recouvre la sienne, et il m'aide à m'extirper du siège arrière. Drew ouvre lui-même sa portière, de même que son père, pendant qu'un autre voiturier s'occupe d'Adèle.

À la maison, j'ai à peine eu le temps de voir ce qu'elle portait, alors à présent je prends mon temps et j'examine sa tenue. Sa robe est bleu marine. C'est une longue colonne fine sous laquelle on devine chacune de ses courbes et qui la couvre du cou jusqu'aux pieds. Elle ne laisse pas entrevoir beaucoup de peau, mais elle met en valeur son corps gracile et accentue le fait qu'elle n'a pas un gramme de graisse en trop.

Ses cheveux sont tirés en arrière en une queue-de-cheval basse, d'un noir aussi profond qu'un ciel nocturne, et leurs pointes se balancent au-dessus de ses fesses parfaites tandis qu'elle se tourne pour saluer quelqu'un. L'endroit bourdonne d'agitation. Un flot de gens se déverse dans le bâtiment et je sais que le lieu des festivités risque d'être plein à craquer. J'espère vraiment qu'on aura une table réservée. Cela dit, ce serait assez excitant si Drew et moi étions assis ensemble, séparés de ses parents.

En fait, je préférerais ça.

— Tu aimes ce que tu vois ?

Le ton méprisant d'Adèle me fait sursauter. Quand je croise son regard, je vois bien qu'elle m'observe avec un rictus ironique au coin des lèvres.

— Votre robe est splendide, réponds-je.

Elle me décoche un sourire glacial sans dire un mot.

Quelle angoisse !

J'ai envie de taper du pied et de lui dire d'aller se faire voir. Mais je me retiens et lui adresse un sourire timide quand elle se retourne vers moi. Mais ce n'est pas moi qu'elle regarde. Elle observe Drew qui se tient à présent derrière moi. Je le sais parce que je peux sentir son délicieux parfum et l'agréable chaleur qui émane de son corps imposant.

Je suis dingue de ce mec. Je suis mal barrée. Et s'il ne ressent pas la même chose ? Hein ? Il n'y a rien que je puisse y faire. Je me suis laissé entraîner là-dedans et maintenant il faut que j'assume les conséquences, quoi qu'il arrive.

— Prête à faire ton entrée ?

Il pose la main sur mon épaule nue et son toucher me cause un tel choc que j'ai l'impression de ne plus pouvoir respirer. Mes poumons sont comme figés.

En tournant la tête, je me rends compte qu'il se tient debout près de moi. Il est vraiment tout près. Sa bouche touche presque ma tempe, comme s'il m'embrassait, et je sens sa respiration tiède qui fait onduler doucement les boucles de cheveux sur mon front. Je suis convaincue qu'aux yeux de n'importe qui, nous paraissons intimes. Je me demande si c'est uniquement pour Adèle.

Je ne comprends pas l'emprise qu'elle exerce sur lui. C'est pour elle qu'il joue cette comédie et pourtant il refuse qu'elle l'approche. Tout cela me paraît insensé.

Pendant la plus grande partie de ma vie, j'ai laissé les gens se servir de moi. Je me suis laissé manipuler par mon entourage. Je devrais y être indifférente, maintenant. Mais ce n'est pas le cas, pas avec Drew. Je ne veux pas qu'il m'utilise pour faire peur à ses parents. Je ne veux pas qu'il se serve de moi comme d'une sorte de protection bizarre pour que ses proches arrêtent de lui poser des questions et le laissent tranquille.

Je veux qu'il m'apprécie vraiment. Je veux passer davantage de temps avec lui. Partager de vrais moments. Pas des simulacres du genre : « Tiens, et si on se sautait dessus ? »

—Oui, finis-je par répondre, ne sachant que faire d'autre.

Il faut qu'on revienne à la réalité et qu'on affronte la foule qui nous attend à l'intérieur.

Il me serre gentiment l'épaule et on entre ensemble, derrière ses parents, ce qui me vaut un regard froid d'Adèle lorsque nous franchissons la porte à double battant.

Cette soirée va me paraître interminable. C'est déjà le cas.

Chapitre 7

Jour 2, 21 h 38

« Je n'ai jamais laissé tomber quelqu'un en qui je croyais. » Marilyn Monroe

DREW

On est assis l'un à côté de l'autre à la table ronde, entourés d'une foule de gens, dans un brouhaha assourdissant. On n'échange pas un mot pendant le repas, qui dure au moins une heure, si ce n'est plus. Je sais que c'est stupide, mais elle me rend nerveux et je redoute de faire un faux pas.

C'est comme si je n'arrivais pas à trouver les mots justes. Qu'est-ce que je peux lui dire, après ce baiser échangé à l'arrière de la voiture de mon père ? Je ne veux pas gâcher ce moment. C'est comme si, malgré mon corps assis là, j'étais encore en train de vivre cet instant. Je pense comme une gonzesse. Et je repasse ce moment en boucle dans ma tête.

Je revis la manière dont elle a répondu à mon étreinte, les petits soupirs de plaisir qui venaient mourir entre ses lèvres, la sensation de sa langue tiède et douce glissant contre la mienne, sa main dans mes cheveux… Je ne me rappelle pas la dernière fois que quelqu'un m'a embrassé comme ça. Est-ce que ça m'est déjà arrivé ? Merde, je ne pense pas.

Cette soudaine prise de conscience me glace.

On ne parle pas, mais j'ai rarement perçu avec une telle intensité sa présence à mes côtés. Le bruit de sa respiration douce, son parfum sucré qui me fait saliver, la chaleur de sa peau, la manière dont son épaule dénudée effleure mon bras quand elle prend son verre d'eau. Je me demande si elle fait exprès de me toucher.

Du coin de l'œil, je la regarde boire, avec ses lèvres pleines qui se pressent contre le verre, la délicate ligne de son cou et sa posture quand elle se désaltère. L'envie qui me saisit d'embrasser toute cette peau à nu est si violente que je serre les poings et les pose sur mes genoux. Je dois absolument arrêter de penser comme un idiot.

Ça ne fonctionne pas. Je n'arrive pas à arrêter de penser à elle, à ce que je ressentais en la tenant dans mes bras, à son goût toujours sur mes lèvres. Je ne pense jamais comme ça. Il y a longtemps que j'ai verrouillé toutes ces émotions inutiles au fond de moi et je refuse de les laisser sortir. Ça ne sert à rien. La plupart du temps, je suis comme un robot. Je me mets en mouvement et je vis ma vie un jour après l'autre.

Mais cette fille me donne l'impression de servir à quelque chose. Elle est vraie, elle est belle et elle tient parfaitement dans mes bras. Elle me donne envie de ressentir ce genre d'émotions.

Je ne devrais pas m'autoriser à penser ça, c'est dangereux. Je n'ai aucune importance à ses yeux. Je ne suis qu'un moyen, un job avec de l'argent à la clé. Mais c'est ma faute et, maintenant, je le regrette.

L'air renfrogné, j'avale la bière que j'ai commandée au bar. C'est ma deuxième et si je dois endurer ça encore longtemps, je vais rapidement aller m'en chercher une autre. Je suis furieux de voir que mon plan ne fonctionne pas comme prévu. Pas si simple de parader avec une fausse petite amie. Je ne sais plus quoi faire pour stopper ce paquebot à la dérive que sont devenues mes émotions. Je ne suis même pas certain de le vouloir.

C'est trop stupide. C'est incroyable, ce que j'aime me torturer. Mais ça fait du bien d'être avec elle, alors pourquoi est-ce que j'aurais envie d'arrêter ?

Il y a d'autres choses qui t'ont paru vraiment agréables, mais tu savais que tu aurais dû arrêter.

Je déteste cette petite voix dans ma tête. Elle me rappelle tous mes défauts. Toutes les saloperies que j'ai faites. Je ne suis pas quelqu'un de bien et je le sais parfaitement. Je n'ai pas besoin qu'on me le rappelle sans cesse.

— Drew, te voilà !

Et merde !

C'est Kaylie. Elle traîne deux de ses amies derrière elle. Nous étions au lycée ensemble ; elles sont parfaitement habillées et maquillées pour ressembler à des poupées Barbie identiques, tout droit sorties de l'usine. J'ai du mal à les distinguer les unes des autres.

—On t'a cherché partout. Tu te souviens d'Abby et d'Ella, non ?

—Ouais. Salut.

Je fais un geste du menton dans leur direction et elles se mettent toutes à battre des cils en gloussant. C'est exaspérant. J'aimerais qu'elles s'en aillent.

Je perçois le grognement étouffé de Fable, ce qui me fait sourire. Regardant par-dessus mon épaule, j'aperçois son expression déconcertée, et je sens poindre sa colère. Kaylie est persévérante, c'est incontestable, mais il me semblait avoir été assez clair.

—Il y a un bal plus tard, tu sais, dit Kaylie en ignorant le regard meurtrier que lui lance Fable. Peut-être que je pourrais te voler à ta... copine. On pourrait rattraper le temps perdu, ça fait si longtemps.

Ce qu'elle dit donne l'impression qu'on a été ensemble, alors qu'honnêtement je me souviens à peine d'elle. Je ne sais pas pourquoi cette fille se montre si déterminée à me poursuivre.

—Toutes les danses sont pour moi, ce soir, désolée.

Fable a formulé cette phrase sur un ton gai et enjoué, mais elle n'a pas l'air navrée le moins du monde. En plus de ça, elle pose sa main sur le haut de ma cuisse, ses doigts entourant ma jambe et effleurant presque mon sexe. C'est une attitude possessive et j'adore ça.

— Ouais, euh… Désolé, Kaylie.

Je lui adresse un sourire d'excuse qu'elle ne daigne même pas me rendre. Elle disparaît, vexée, faisant voleter ses cheveux blonds par-dessus son épaule tandis qu'elle s'éloigne avec ses satellites. Je les regarde partir, sensible à la présence de Fable et plus conscient encore de sa petite main posée sur ma cuisse.

Je ne veux pas qu'elle l'enlève.

— Dis-moi ce que cette fille représente pour toi !

Elle a l'air en colère. Je regarde dans ses yeux verts. Ils lancent des éclairs ; c'est moi qui en suis la cible.

— Rien du tout. Je la connais depuis le lycée, mais on parlait rarement ensemble.

Fable a les lèvres pincées et le regard dur. Elle a l'air prête à botter quelques arrière-trains.

— Elle se comporte comme si elle était une de tes ex.

Je la détrompe aussitôt en secouant la tête :

— Ce n'est pas le cas.

— Tu l'as sautée, alors.

Elle plisse les yeux jusqu'à ce que je ne perçoive plus que deux petites fentes et je sens mon cœur tressauter dans ma poitrine lorsque je comprends enfin ce qui se passe.

Fable est jalouse. Et si la sensation de jubilation qui me traverse fait de moi un sale con, alors soit. J'ai enfin droit à un peu d'émotion de la part de cette fille. Elle agit comme si ça lui importait.

— Je ne l'ai pas sautée.

Je prends une voix douce. Je ne veux pas qu'elle se mette en colère. Je tends le bras, passe mes doigts sur sa joue et je regarde ses lèvres. J'ai envie de l'embrasser, de lui jurer qu'il ne s'est rien passé entre Kaylie et moi. Pas d'histoire, rien du tout.

— Bon.

Sa main se détache de ma cuisse et elle évite la mienne d'un mouvement de recul. Je me retrouve à caresser l'air et je la regarde, incrédule, tandis qu'elle se referme complètement sur elle-même. Elle s'est totalement coupée de moi en l'espace de dix secondes et c'est la chose la plus étrange que j'aie jamais vue.

Je l'avais et maintenant je ne l'ai plus. Je ne sais pas pourquoi.

Elle recule sa chaise et se lève en me tendant sa paume ouverte.

— Est-ce que je peux avoir mon téléphone, s'il te plaît ?

— Où est-ce que tu vas ?

Je plonge la main dans ma poche, en sors le téléphone et le lui tends. Encore une fois, je suis frappé de voir à quel point elle est magnifique dans cette robe. Je ne peux pas m'empêcher de penser qu'elle serait encore plus belle sans.

— Dehors. Il faut que j'appelle mon frère pour m'assurer qu'il va bien.

Elle m'adresse un sourire fugitif et, avant que je ne puisse lui demander si elle veut que je l'accompagne, elle s'éloigne, se frayant un chemin dans la foule jusqu'aux portes qui mènent à l'extérieur sur une gigantesque terrasse qui surplombe le terrain de golf.

Je la regarde se perdre dans la foule jusqu'à ce qu'elle soit sortie de mon champ de vision et ma gorge se serre. Elle me manque. C'est ridicule, étant donné que je la connais à peine et qu'on n'a passé que trois jours ensemble si on compte celui de notre arrivée, mais elle me manque quand même.

— Ce n'est pas une fille pour toi, tu sais.

Je laisse échapper un profond soupir et je ferme les yeux. Je préférerais être n'importe où plutôt qu'ici. Avec Fable. Quand j'ouvre les yeux, je découvre qu'Adèle s'est installée à la place de Fable. La chaise est encore chaude et, déjà, ma belle-mère me harcèle. Je n'ai vraiment pas besoin de ces conneries.

— Ne te mêle pas de ma vie.

Je parle à voix basse. Je ne tiens pas à ce qu'on nous entende.

— Tu ne peux pas m'éviter éternellement. Tu sais bien que j'arriverai à te parler seule à seul à un moment ou à un autre.

Elle sourit, ses paupières s'abaissent sur ses yeux sombres.

— Tu te sers d'elle comme d'un bouclier, mais j'y arriverai.

— Je ne me sers pas d'elle, commencé-je, mais Adèle m'interrompt d'un regard.

— Tu crois que votre petit cinéma à l'arrière de la voiture m'a échappé ? Ce n'est pas parce que je me dispute avec ton père que je ne prête pas attention à tous tes faits et gestes.

Son sourire suffisant me révulse.

—Je suis désolée, mais quoi qu'il se passe entre vous, vous aviez l'air de deux débutants qui n'ont pas la moindre idée de ce qu'ils fabriquent l'un avec l'autre. Comme si vous ne vous étiez encore jamais touchés. Dis-moi la vérité. Vous êtes vraiment ensemble ?

Je sens la panique s'emparer de moi et ma gorge devient aussi sèche que le Sahara. Je ne veux pas répondre. Ce ne sont pas ses oignons, mais je sais qu'elle ne lâchera pas le morceau. Elle va insister encore et encore jusqu'à ce que je cède. Avant, je cédais toujours face à Adèle et je m'en veux terriblement pour ça.

Je la déteste.

Je jette un œil de l'autre côté de la table, essayant d'attirer le regard de mon père, mais il est tellement absorbé dans une conversation avec son voisin de table qu'il ne remarque rien.

Je réponds entre mes dents, en essayant de ne pas croiser son regard :

—On est vraiment ensemble.

Le son abject qui sort de sa bouche attire mon attention, malgré tous mes efforts.

Une lueur tremblotante passe dans ses yeux, révélant son hésitation, mais elle poursuit :

—Alors ? Elle est douée au lit ? Est-ce qu'elle te fait des trucs spéciaux ?

C'est pas vrai ! Je me doutais que ça finirait par arriver, mais pas ici. Pas au milieu de centaines de personnes.

— Je t'interdis de parler de ça.

Son sourire s'élargit. Elle sait parfaitement qu'elle vient de toucher un point sensible.

— Est-ce qu'elle te satisfait, Andrew ? C'est assez difficile, tu sais. Quand quelqu'un brise ces murs que tu as bâtis pour te protéger du monde, tu deviens… insatiable.

Submergé par la honte, je me lève si vite que ma chaise tombe sur le sol dans un fracas terrible. J'ai les joues cramoisies et le regard de tous mes voisins de table se braque soudain sur moi.

Adèle est aussi sereine qu'une reine sur son trône. Elle ne prend même pas la peine de me regarder. Elle sait ce qu'elle a fait.

— Ça va, fiston ? demande mon père, les sourcils froncés.

Je ne lui réponds pas. Au lieu de ça, je m'enfuis, impatient de m'éloigner d'Adèle. J'ai besoin d'échapper à la foule. J'ai l'impression que la pièce est en train de se refermer sur moi et j'ai la tête qui tourne. Je ne sais pas si c'est l'angoisse ou les deux bières que j'ai bues ce soir.

Tout ce que je sais, c'est que j'ai besoin d'air. Je me dirige vers la terrasse.

Vers Fable.

Fable

— Tu es toujours chez Wade, j'espère.

Je tire une taffe sur ma cigarette et j'expire à fond. L'espace d'une seconde, je suis fascinée par les fines volutes de fumée qui s'élèvent dans l'air. Il fait un froid de canard et je suis complètement en train de fumer en douce, vu qu'il n'y a aucun panneau qui indique que cette foutue terrasse est une zone fumeur. Quel est l'intérêt d'avoir un espace en extérieur si ce n'est pas pour laisser les gens fumer ?

— Ouais, ouais, j'y suis toujours.

Owen a l'air contrarié, mais je m'en fiche. Il est plus de 21 heures. Il doit être au lit à 22 heures et je veux m'assurer qu'il est bien là où il est censé être.

— N'oublie pas, à 22 heures, tu es couché.

D'un geste toujours aussi écolo, je jette ma cendre par-dessus la balustrade et je me sens mal. Qu'est-ce qu'il y a, chez ces gens riches, qui me pousse à agir comme si j'avais grandi dans le caniveau ?

— C'est trop tôt. Wade ne se couche pas avant 23 heures, lui.

Il recommence à gémir. Ce qui me rappelle qu'il est encore complètement immature et que, sous bien des aspects, il a beau être impatient de prouver qu'il est presque un homme et qu'il peut prendre soin de lui-même, il n'en reste pas moins un petit garçon.

—Eh bien, c'est cool pour Wade. Mais je suis toujours d'avis que tu te couches à 22 heures.

Je me radoucis, sachant qu'il ne m'écoutera probablement pas.

Je déteste être loin de lui. Il me cache quelque chose, mais je n'arrive pas à mettre le doigt dessus. J'espère simplement qu'il saura rester sage au moins jusqu'à ce que je rentre.

—Comme tu veux, murmure Owen. La plupart du temps, tu te comportes comme si tu étais ma mère, tu sais ?

Je sens ma gorge se serrer et je lutte contre les larmes qui me montent aux yeux. Je suis tiraillée par des émotions contradictoires, ce soir, et je n'arrive pas à me l'expliquer. C'est sûrement la faute de Drew et de ses satanées lèvres parfaites. Ce baiser a réveillé en moi des émotions étranges et, depuis, je suis au bord des larmes.

—Il faut bien que quelqu'un te surveille.

Il rit.

—Ouais, c'est ça, cause toujours, tu m'intéresses !

—Tu es prié de parler correctement.

Je ris aussi, heureuse de l'entendre de si bonne humeur. Plus tôt, quand je l'ai eu au téléphone, il avait l'air évasif et sur ses gardes. Je ne veux pas qu'il ait de secrets pour moi, même si je sais que c'est normal, à treize ans. Son comportement ne va pas aller en s'améliorant, j'en suis certaine. Mais je suis prête. Enfin… aussi prête qu'on peut l'être.

Les hommes et leurs sombres secrets. Je sais que Drew en a. Et pas qu'un peu. Je ne suis pas certaine de connaître leur nature, mais j'ai l'impression que c'est du sérieux. Son attitude est tendue et son visage fermé. J'ai senti son corps quand il m'embrassait et qu'il me serrait dans ses bras. Il était raide, comme s'il se retenait.

Je ne voulais pas qu'il se retienne. Pas à ce moment-là et sûrement pas maintenant. Il se cache en permanence derrière un masque et je commence à me demander qui est le véritable Drew. Est-ce qu'il en est conscient ?

— Je t'appelle demain, d'accord ? Sois sage.

Je tire sur ma cigarette, garde la fumée dans mes poumons avant de la recracher lentement. Je sais à quel point c'est mauvais pour moi, mais je ne peux pas m'en empêcher. Fumer me détend. Et, au vu de cette soirée dans ce country club merdique, j'ai vraiment besoin de me relaxer.

— Salut, Fab's.

Personne ne m'appelle comme ça, à part Owen.

— Je t'aime.

— Moi aussi, je t'aime, murmuré-je en raccrochant.

Je tiens le téléphone serré dans ma main, n'ayant pas de sac et aucune envie de le glisser entre mes seins.

— Au cas où tu ne serais pas au courant, je te rappelle que fumer tue.

La voix profonde et sensuelle de Drew m'enveloppe. Je regarde par-dessus mon épaule et je l'aperçois, debout à quelques mètres de moi. Il a les mains dans les poches et le vent joue dans ses cheveux sombres.

Il a l'air contrarié et ça le fait paraître si beau que j'aimerais pouvoir prendre une photo, pour immortaliser ce moment à couper le souffle et toujours l'avoir avec moi. Et le garder avec moi, lui aussi.

Tout en écrasant ma cigarette sur la balustrade en bois, je demande :

— Tu me suis ?

Je ne sais pas quoi en faire, alors je la laisse là où elle est, fidèle à ma nouvelle image de bonne petite semeuse de déchets.

— J'avais besoin de prendre l'air.

— Moi aussi, dis-je dans un soupir.

Je reporte mon attention sur le terrain de golf et sur l'océan juste derrière. Je me demande si on reviendra ici pour contempler cette vue de jour. Aussi riches soient-ils, ces gens n'ont pas la moindre idée de la beauté qui les entoure. Ils la voient tous les jours et ça n'a rien d'exceptionnel pour eux. Ils ne la remarquent probablement plus.

Je me demande ce que ça fait, d'être insensible à un environnement aussi magnifique. Bien sûr, je suis insensible au monde ordinaire qui m'entoure au quotidien. Peut-être que chacun traverse son existence protégé par un cocon d'insensibilité. Ça me fait penser à l'une des chansons préférées de ma mère : « Comfortably Numb ».

— Ton frère va bien ?

— Oui.

Je hausse les épaules. Drew ne pose la question que par politesse. Rester seule dehors dans l'air froid de la nuit pendant quelques minutes m'a remis les idées en place. Et j'en avais bien besoin, après ce baiser qui m'a chaviré l'esprit.

Il ne tient pas à moi et je ne tiens pas à lui. Ce n'est qu'un boulot, rien de plus. Quant à ce baiser, c'était une simple parenthèse, une manière d'évacuer la tension parce que tout ce temps passé ensemble à faire semblant d'être un véritable couple est susceptible de provoquer un certain trouble. De la chaleur. Une sorte d'alchimie sexuelle.

Celle-là même que je sens entre nous. Elle est palpable et me brûle légèrement la peau. Je sens ses yeux sur moi. Je l'entends s'approcher. À présent, il se tient à côté de moi, les bras étendus sur la balustrade, dans la même posture que moi. Il me touche du coude d'un geste amical et je frissonne. Je sens le vent glacial mordre ma peau.

—Tu as froid.

Son murmure profond met mes terminaisons nerveuses à rude épreuve, et je veux lui crier de s'éloigner.

Mais je ne le fais pas et je réponds :

—Oui, un peu.

—Si j'avais une veste, je t'obligerais à la mettre, dit-il en gloussant.

Je ne veux pas qu'il agisse en gentleman, ni comme un petit ami gentil et attentionné. Je ne veux pas de ces… mensonges. Ce dont j'ai besoin, c'est d'être réaliste, de me raccrocher à des faits, bruts et nus : l'argent sur mon compte en banque, le fait qu'il m'utilise pour tenir ses parents à distance et le fait que j'en profite pour assurer temporairement la stabilité financière de ma pitoyable petite famille. C'est ce qui doit demeurer le plus important dans mon esprit. Je ne peux pas l'oublier.

— On devrait probablement rentrer.

Je commence à me redresser, mais il pose sa large main sur la mienne et je m'arrête.

— Je ne peux pas y retourner, déclare-t-il d'une voix si ténue que j'ai du mal à l'entendre. Je ne peux pas les affronter. Pas encore. Reste ici avec moi.

J'ai raté un épisode ? Il n'a pas l'air bouleversé, mais je ne le connais pas assez pour me rendre compte que quelque chose ne va pas. Je ne dis pas un mot. Il vaut mieux me taire et tenter de le rassurer. Lui aussi garde le silence.

Mais il enroule ses bras autour de mes épaules et me serre contre lui. Au début, je tente de résister, me raidissant pour qu'il ne puisse pas me déplacer. Mais il est stupide de lutter contre une telle force, en particulier quand je pense qu'il va me réchauffer.

Alors je me laisse faire. Je le laisse me guider dans ses bras et il m'enveloppe de tout son corps. Je plaque mes mains sur sa poitrine tiède et dure. Les siennes s'attardent dans le bas de mon dos et je me retrouve coincée contre la balustrade, son corps pressé contre le mien. Il est dur et inflexible. Il m'a prise au piège, mais je ne vois aucun intérêt à m'échapper.

Je fais tout le contraire de ce que je viens de penser et qui m'inquiétait il y a seulement quelques instants. Simplement parce qu'il me touche.

Dès qu'il est question de Drew, je suis faible. Tellement faible que c'en est presque embarrassant. Mais il semble aussi faible que moi et ça me rassure. Au moins, on est dans le même bain.

Rongée par la curiosité, je demande :

— Il s'est passé quelque chose là-dedans ?

Il faut que je sache.

— Je ne veux pas en parler.

Je risque un coup d'œil vers lui et je remarque sa mâchoire contractée.

— Eh bien, si tu changes d'avis, je suis là.

Il baisse les yeux vers moi. Il a un regard si empreint de désespoir que j'ai mal pour lui. Je me rends compte que ce garçon si beau, si parfait, a aussi des failles.

— Tu ne comprendrais pas.

Je ris, même si je ne me moque pas de lui et que j'espère qu'il le sait.

— Je comprendrais plus que tu ne le penses.

— Si je te disais la vérité, tu me détesterais, réplique-t-il d'une voix dure, une expression triste sur le visage. Je sais que moi, je me déteste pour ce que j'ai fait.

J'ai la gorge nouée. Il a l'air paumé et je prends conscience qu'il a raison. Peut-être que je ne veux pas le savoir. Ce qu'il dit – ou plutôt ce qu'il ne dit pas – me plonge dans un profond malaise. J'ai peur.

Qu'est-ce qu'il a bien pu faire pour se détester à ce point ?

Chapitre 8

Jour 3, 19 h 02

« Je désire toujours ce que je ne peux pas avoir. »
Fable Maguire

Fable

Il m'a ignorée toute la journée et c'est mieux comme ça. Vraiment. Ça ne me dérange pas de rester seule dans l'annexe parce que la dernière chose dont j'ai envie, c'est de passer du temps avec ses parents cinglés. Drew est parti jouer au golf avec son père tôt ce matin et je ne l'ai pas revu depuis. Je ne sais même pas s'il est rentré. Pour autant que je sache, ils pourraient être en train de passer un moment agréable en famille dans la maison principale pendant que je suis coincée toute seule ici.

Beurk. Même dans ma tête, j'ai l'air amère. En plus, je sais qu'il n'est pas rentré vu que je suis restée ici toute la journée et que je ne les ai pas entendus.

Pourtant, la solitude m'a ramenée à la réalité, encore une fois. Et c'est une bonne chose. Je suis trop attirée par Drew quand je suis avec lui. Ça, ce n'est pas une bonne chose du tout. De cette manière, quand je passe du temps toute seule dans cette maison fantastique avec cette vue extraordinaire, je sais que ce n'est qu'un rêve.

Plus tôt dans la journée, j'ai surpris Adèle qui fouinait près de l'annexe. Elle guettait quelque chose par les fenêtres et faisait le tour de la maison. Je l'ai observée un moment, me cachant dans des recoins, puis j'ai commencé à me poser des questions. Qu'est-ce qu'elle fabrique ? Elle essaie de m'espionner ? Est-ce qu'elle cherche Drew ?

En fin de compte, n'y tenant plus, j'ai ouvert la porte en grand quand je l'ai vue rôder devant.

Adoptant le ton le plus prétentieux possible, je lui ai demandé :

— Vous cherchez quelqu'un ?

Elle a croisé les bras, toujours aussi élégante, dans un sweat-shirt blanc et des leggings noirs. Vêtue de la même tenue, j'aurais l'air d'une souillon. Bien sûr, la sienne a sûrement été conçue par un styliste et coûte probablement une fortune, tandis que mes sweat-shirts et mes leggings viennent de chez Walmart ou Target.

— Je pensais que tu étais partie.

— Vous l'espériez sans doute.

Je ne sais pas où j'ai trouvé le courage de lui parler sur ce ton, mais j'en ai eu assez. Le trajet du retour hier soir a été une véritable torture. Il régnait un silence de mort et la tension est devenue insoutenable. Rien à voir avec l'aller, quand Drew m'a embrassée en faisant courir ses mains sur moi.

Elle m'a décoché un sourire narquois.

— Tu ne m'aimes pas beaucoup, je me trompe ?

— Il me semble que c'est réciproque.

J'ai haussé les épaules, faisant de mon mieux pour avoir l'air de m'en moquer, mais j'ai senti ma gorge se nouer.

— Tu ne tiendras pas longtemps, tu sais. Tu n'es pas son genre...

J'ai froncé les sourcils. Bien sûr que je ne suis pas son genre. C'est assez évident, mais je ne pensais pas que cette connasse allait me le dire aussi ouvertement.

— Et c'est quoi, exactement, le genre de Drew ?

— Quelqu'un comme moi.

Son sourire s'est agrandi, comme si elle savait que ses mots auraient sur moi l'effet d'un violent coup de poing dans le ventre. Sans rien ajouter, elle a tourné les talons et s'est éloignée.

La réponse d'Adèle m'a trotté dans la tête le reste de la journée. Qu'est-ce qu'elle pouvait bien vouloir insinuer ? La manière dont elle a dit ça ne m'a pas plu. Elle parle de Drew et le regarde comme s'il lui appartenait. On dirait presque que ce sont eux qui ont une relation. C'est vraiment dérangeant et ça me pousse à me demander s'ils n'ont pas déjà couché ensemble.

Ce serait dégueulasse. Et flippant. Drew se comporte comme s'il la détestait et je ne peux m'empêcher de m'interroger sur les raisons de son aversion. Beaucoup de « Et si… » auxquels je n'aime pas penser parce que je trouve ça trop moche. J'ai beau me répéter inlassablement que ce ne sont pas mes oignons, je reste assise dans mon coin à me torturer l'esprit.

Mais c'est lui qui m'a amenée ici. Donc c'est devenu mon affaire, non ?

Non. Il vaut mieux laisser certaines choses en paix.

Pas si quelqu'un souffre à cause d'elles.

Le débat intérieur qui se déroule en moi dure le reste de la journée. Jusqu'à ce que je ne sois plus qu'une boule de nerfs, attendant anxieusement le retour de Drew. Où est-ce qu'il peut bien être ? Je sais que les parties de golf durent un temps fou, mais pas si longtemps, quand même. Et je sais qu'il est avec son père parce que j'ai monté la garde devant le garage pendant des heures et que personne n'est rentré.

Adèle est partie il y a environ une demi-heure. Ça ne me rassure pas du tout. Et si elle les avait rejoints quelque part ?

Merde ! Je ne sais pas quoi faire.

Quand, vers 19 h 30, la porte s'ouvre enfin, j'éprouve un vif soulagement. J'entends ses pas résonner sur le dallage de l'entrée et, depuis le coin salon où je suis assise, je le vois traverser le vestibule. Emmitouflée dans l'un de ces plaids incroyablement doux en fausse fourrure, je me confonds probablement avec le canapé. Il ne remarque pas ma présence et ne prend pas la peine de dire un mot.

Je mâchonne anxieusement mes ongles et mon estomac se met à gronder parce que je n'ai pas déjeuné. Je l'entends entrer dans sa chambre, fermer la porte, et je pousse un soupir tremblotant. J'étais en train de retenir mon souffle et je n'en avais même pas conscience.

À peine deux minutes plus tard, il sort de sa chambre, entre dans le salon et s'arrête net en me voyant.

—Salut.

—Salut.

Je pince les lèvres en me forçant à respirer.

—Je ne t'avais pas vue en entrant.

Il est splendide dans son sweat-shirt noir à capuche et son pantalon en treillis kaki. Ses cheveux sont ébouriffés par le vent qui semble souffler en permanence dans cette région. Je serais prête à parier un million de dollars qu'il porte un polo en dessous. C'est la tenue de golf traditionnelle, même s'il devrait porter un pantalon pastel à carreaux plutôt qu'un treillis, mais c'est vrai que je ne connais rien au golf.

—Je n'ai pas bougé d'ici.

Il se passe la main dans les cheveux. Mes doigts me démangent et j'ai envie de faire la même chose. Je me rappelle à quel point ses cheveux sont doux, combien ça lui a plu que je le caresse là. Lui arrive-t-il de laisser quelqu'un le toucher ? Il est plutôt du genre ascète.

Cette pensée m'emplit de tristesse. Moi, je laisse une ribambelle de mecs sans visage me toucher. J'en ai besoin parce que, l'espace d'un instant, j'ai l'impression que quelqu'un tient à moi. Pourtant, le sentiment est toujours éphémère et j'en ressors chaque fois aussi vide qu'avant. Parfois même plus.

Face à son silence obstiné, j'insiste :

— J'ai passé la journée sans savoir où tu étais.

— Je suis désolé d'être parti si longtemps.

Je me demande si ça lui coûte beaucoup de s'excuser auprès de moi. Je parie que, la plupart du temps, il n'a de comptes à rendre à personne.

Je hausse les épaules. Il faut que j'agisse comme si ce qu'il avait fait ne me dérangeait pas.

— Je ne suis pas ta secrétaire.

— Non. Mais tu es mon invitée. Je suis sûr que tu t'es ennuyée pendant tout ce temps.

Il s'approche du canapé et c'est à ce moment précis que je remarque l'odeur.

Il pue la bière. Ses yeux sont injectés de sang et ses joues sont anormalement rouges. Je suis prête à parier qu'il est soûl. Soudain sur mes gardes, je me recroqueville dans un coin du canapé quand il vient s'asseoir à côté de moi. Je déteste l'odeur de la bière. Bizarre, pour quelqu'un qui travaille dans un bar.

Mais quand je sens cette odeur au *Room*, c'est différent. Je suis occupée, je bouge, je sers les clients et je travaille sans arrêt. Dans un tête-à-tête, l'odeur de la bière me rappelle ma mère et tous ses mecs à la con, avec leur fâcheuse tendance à boire sans arrêt. Elle a visiblement un faible pour les alcoolos émotionnellement instables.

Je me méfie des colères d'homme soûl, et il se trouve que Drew est assez costaud et a un paquet de problèmes. S'il fait montre ne serait-ce que d'un soupçon de colère envers moi, je pars en courant.

— Non, pas vraiment. Je suis restée assise sur la plage un bon moment.

— Tu n'as pas eu froid ? Il ne faisait pas très beau, aujourd'hui, fait-il remarquer.

Je hausse les épaules.

— Je me suis dit qu'il fallait que je m'imprègne du paysage tant que je suis ici. Je doute d'avoir l'occasion d'en revoir un aussi beau.

— Je suis désolé de ne pas avoir été là, Fable.

Sa voix est douce et son expression me brise le cœur. Il a l'air si désespéré, si perdu. J'aimerais pouvoir dire quelque chose pour atténuer sa douleur.

Il m'observe de ses yeux bleu sombre, la tête penchée sur le côté. Je me demande ce qu'il voit. Ce que je vois, moi, c'est un homme perdu, seul, qui ne laisse personne l'approcher.

Pour je ne sais quelle raison stupide, je veux être celle par qui il se laissera toucher. Peut-être que je pourrai l'aider, peut-être pas, mais il a besoin de réconfort. Ça se voit.

Comme des âmes sœurs qui se sont trouvées. C'est peut-être gnangnan, mais je commence à croire qu'il y a une raison à notre rencontre.

Drew

Comme à son habitude, elle a l'air de lire en moi comme dans un livre ouvert et ça me rend nerveux. En fait j'ai fui Fable toute la journée. Ce qui est arrivé hier soir m'a donné l'impression que j'étais capable de perdre complètement le contrôle de la situation si je ne reprenais pas mes esprits rapidement. C'est la raison pour laquelle je n'aime pas revenir chez mes parents.

Je ne reviendrai pas après cette visite. Je me fiche de savoir que ça pourrait faire de la peine à mon père, je ne peux plus supporter ça. Je ne peux pas faire comme si cet endroit et ces gens n'avaient pas d'effet sur moi. C'est le cas. Tout ça me fout en l'air et me rappelle ce que j'étais. Je ne veux plus être cette personne. Ce n'est pas moi.

Il n'y a pas d'autre solution. Je dois absolument me tenir éloigné de cette maison.

En regardant Fable et en décelant la sympathie dans ses yeux, je sais qu'il faudrait que je reste loin d'elle aussi. Une fois qu'elle me connaîtra vraiment, je pourrais lui faire du mal. Je sais que je vais lui faire du mal. J'ai peur qu'elle ne soit sur le point de percer à jour mon secret. Une fois que je lui aurai avoué la vérité, je ne pourrai pas revenir en arrière, jamais. Ce sera dit et ça nous mettra mal à l'aise tous les deux. Ça rendra impossible cette histoire d'amour, ou d'amitié – ou quoi que ce soit – entre nous.

Je ne pouvais pas supporter cette idée alors je suis parti de bonne heure, et quand mon père m'a proposé d'aller jouer au golf, j'ai sauté sur l'occasion. Non seulement on a joué plusieurs parties de dix-huit trous avec deux de ses amis, mais en plus on a fini au bar du club. Je ne suis pas un gros buveur, mais j'ai enchaîné les bières et j'ai aimé l'étourdissement que l'alcool me procurait. Mon cerveau s'est embrumé, est devenu cotonneux, et j'ai pu oublier.

On a plaisanté. Discuté. Mon père a vanté mes qualités de joueur de football et je me suis senti bien. On ne passe pas beaucoup de temps ensemble, lui et moi. Adèle est toujours là, à essayer de tout gâcher. Ou alors on fait quelque chose qui ne nous permet pas de passer beaucoup de temps en tête à tête. Le déjeuner d'hier a été désagréable et je suis content qu'on ait dépassé ça.

Les moments passés aujourd'hui avec mon père nous ont fait du bien à tous les deux. Mais j'avais toujours à l'esprit un accablant sentiment de culpabilité. J'étais en train de délaisser Fable exprès et ce sentiment s'est enraciné en moi.

C'est pour ça que je lui ai présenté mes excuses.

—J'ai surpris ta belle-mère en train de fouiner autour de la maison cet après-midi.

Le ton de Fable est détendu, mais ce qu'elle dit me donne l'impression que des bombes pleuvent autour de moi.

La tension monte le long de ma colonne vertébrale jusqu'à mes épaules et je me raidis.

— Et ?

Fable hoche la tête.

— Je lui ai demandé ce qu'elle était en train de faire.

— Comment ça ?

Je suis sous le choc. Je ne peux pas m'empêcher d'avoir peur. Et si Adèle avait dit quelque chose ?

— Ouais. Ça ne lui a pas plu. Elle m'a dit que je ne tiendrais pas longtemps et que je n'étais pas ton genre de fille.

Je reste silencieux, effrayé à l'idée de ce qui va suivre.

— Et quand je lui ai demandé quel était ton genre de fille, elle m'a répondu que c'était elle.

J'entends le sang battre dans mes tempes, assourdissant, et les paroles de Fable ne me parviennent plus. Ses lèvres bougent toujours, mais je n'entends rien.

Sans réfléchir, je me lève et je retourne dans ma chambre. Elle m'appelle, sa voix est distante et il me semble qu'elle me suit, mais je n'en suis pas sûr. Je ne vois plus rien, ma vision se trouble et je suis sur le point d'exploser de honte, de peur et de rage.

Adèle est allée trop loin. Une fois de plus. Elle est coutumière du fait. J'ai envie de tout déballer à Fable, mais je ne peux pas. J'ai trop peur qu'elle ne me déteste, qu'elle ne me juge.

Qu'elle ne me fuie tellement je lui inspire de dégoût.

On est à peine à la moitié de ce satané séjour et tout part en vrille. Je ne sais plus comment gérer.

Fable

Je lui cours après en l'appelant par son nom, mais c'est comme s'il ne m'entendait plus. J'ai été effrayée par la manière dont son visage s'est soudain vidé de toute émotion quand je lui ai répété les paroles d'Adèle. Il s'est soudain complètement refermé sur lui-même et c'est la chose la plus étrange que j'aie jamais vue, comme s'il avait mis en marche une sorte de mécanisme de défense ou quelque chose comme ça.

Il me claque la porte de sa chambre au nez et je l'ouvre, y entrant comme une femme en mission. Il se tient debout au milieu de la pièce et me tourne le dos. La tête basculée en arrière, il regarde le plafond. J'aimerais pouvoir lire dans ses pensées, lui offrir un peu de réconfort, quelque chose. N'importe quoi.

Mais je reste plantée là, dansant d'un pied sur l'autre, en proie à l'agitation.

— Tu devrais t'en aller, dit-il d'une voix sombre et étrangement calme.

— D'accord, je te laisse tranquille.

Je comprends son besoin de solitude. Je suis comme ça la plupart du temps.

— Non.

Il se retourne et me regarde, avec sur le visage une expression dure et inflexible.

— Je veux dire : tu devrais t'en aller. Rentrer chez toi. Tu n'es pas obligée de rester. Je n'ai plus besoin de ton aide.

Mon estomac se noue et j'ai la nausée.

— Ça ne me dérange pas de rester…

— Je ne tiens pas à ce que tu restes, m'interrompt-il. Tu n'as pas besoin de ces conneries, Fable. Tu as assez de problèmes comme ça.

J'ai envie de pleurer. Il ne veut pas de moi ici. Personne ne veut de moi nulle part. Ma mère se fiche de savoir si je suis morte ou vivante. Mon frère préfère traîner avec ses copains. Je n'ai pas vraiment d'amis, à part quelques collègues de travail, et ce sont plutôt des connaissances. Les filles ne m'aiment pas parce qu'elles pensent que je suis une fille facile qui veut leur voler leur petit ami.

À ce moment précis, je suis toute seule. Personne ne veut de moi.

La tête haute, je renifle en essayant d'empêcher mes larmes de couler.

— Je vais aller faire mon sac.

Je tourne les talons et je sors de sa chambre. Il ne m'arrête pas. Ça ne me surprend pas. Qu'est-ce que j'espérais ? Qu'il me coure après pour me supplier de rester, en fin de compte ?

Bien sûr que non. Ma vie n'est pas un film à l'eau de rose. Je ne dois pas perdre de vue le fait que je ne compte pas à ses yeux.

Ma chambre est plongée dans l'obscurité. J'allume le plafonnier et me dirige vers le placard qui contient mon sac de toile poussiéreux et déchiré. Il est toujours à moitié plein. Je n'ai jamais vraiment défait mes bagages, redoutant le pire.

J'imagine que mes aptitudes psychiques fonctionnent à plein régime en ce moment.

Je commence à fourrer mes vêtements dans le sac sans prendre la peine de les plier. Je ne sais pas comment je suis censée repartir, mais j'imagine que je pourrais appeler un taxi et lui demander de me déposer à la gare routière. J'ai de l'argent sur mon compte en banque et ma carte de crédit avec moi, alors je peux acheter un billet de retour. J'espère que je n'aurai pas à attendre trop longtemps à la gare routière.

En sortant mon téléphone de ma poche, je regarde l'écran pour m'apercevoir que j'ai reçu un texto d'Owen. Il me demande s'il peut passer de nouveau la nuit chez Wade, ce à quoi je réponds que je suis d'accord et que je rentre ce soir. Il me répond immédiatement.

C'est quoi le problème? Tu t'es fait virer? Le père t'a fait des avances?

C'est une longue histoire. Je te raconte ça en rentrant.

Après avoir tapé mon message, je remets mon téléphone dans la poche de mon jean.

J'ai l'impression d'être une ratée. Je n'arrive même pas à être une bonne petite amie et tout ce que j'avais à faire, c'était me tenir là et d'avoir l'air jolie. Sourire, acquiescer et me taire. Ce n'est pourtant pas difficile.

Je m'en veux terriblement. Je me rends dans la salle de bains pour prendre mes affaires de toilette et je les fourre dans la trousse de maquillage dans laquelle je les ai apportées.

Je sors mon rasoir, mon shampoing et mon après-shampoing de la douche et les jette dans le sac que je referme, le bruit de la fermeture Éclair vient déchirer le silence. Tout résonne dans cette maison, à cause des hauts plafonds et du dallage au sol. C'est encore pire dans la maison principale et ça me tape sur les nerfs.

Peut-être que je vais être soulagée une fois hors d'ici. Quand je monterai dans le car, peut-être que je pourrai de nouveau respirer librement.

Je me retourne pour sortir de la salle de bains et trouve Drew debout sur le seuil, à peu près dans la même posture qu'hier soir. Il agrippe le haut du chambranle et son corps est à moitié penché à l'intérieur. Son sweat-shirt et sa chemise se soulèvent et il porte un pantalon taille basse qui laisse entrevoir une petite partie de son ventre nu. J'aperçois une ligne sombre qui descend depuis son nombril et je lève les yeux vers les siens, gênée de le reluquer alors que je devrais être furieuse contre lui.

— Ne pars pas.

Je me raidis. C'est ridicule. Tous ces allers-retours me mettent la tête à l'envers.

— Je ne suis pas d'humeur à jouer, Drew.

Il lâche le chambranle et entre dans la salle de bains. Je recule, mes fesses heurtent le coin du meuble et je m'arrête. Je tremble, mais je n'ai pas peur. C'est parce qu'il est si près de moi que je peux sentir son odeur.

L'odeur de bière a disparu je ne sais comment, remplacée par son parfum habituel. Je peux sentir la chaleur de son corps, la tension qui émane de son corps en vagues palpables.

—Je suis désolé, Fable. C'est juste que… cet endroit est naze. Et je ne t'en voudrais pas si tu décidais de partir. Je voulais simplement t'offrir une porte de sortie. J'ai essayé de me convaincre qu'il valait mieux que tu t'en ailles, mais j'ai peur de ne pas y arriver tout seul. J'aimerais que tu restes.

—Arriver à quoi tout seul, Drew ? Qu'est-ce que tes parents ont de si terrible ? Tu ne me dis rien et je ne peux pas m'empêcher d'imaginer des choses…

Je prends une brusque inspiration tandis qu'il s'arrête juste devant moi. Il est si proche que nos torses se touchent presque.

Sans prévenir, il enroule ses bras autour de ma taille et me soulève, m'asseyant sur le meuble. J'émets un petit couinement et il s'installe entre mes jambes. Il est encore plus près de moi, maintenant, et je penche la tête pour plonger les yeux dans son regard perdu.

—Je ne veux pas en parler, murmure-t-il. J'aimerais te le dire, mais je ne peux pas.

Je touche son visage. Il pose sa tête sur ma paume et ferme les yeux. J'observe son beau visage et je suis submergée par l'envie de l'embrasser et de me perdre en lui.

—Tu ne devrais pas tout garder pour toi.

Je lui caresse la joue et il ouvre les yeux.

—Il vaudrait mieux que tu parles à quelqu'un.

J'essaie de lui faire comprendre que je veux être celle à qui il se confiera.

—Je ne peux pas.

—D'accord... Quand tu seras prêt, je serai là.

Je laisse retomber ma main, me redresse le plus possible et lui plante un baiser sur la joue. Je veux qu'il sache que je serai là pour lui quoi qu'il arrive. Je me fiche de savoir quels secrets il cache – des secrets sordides, j'en suis sûre –, je veux rester à ses côtés pour l'aider.

Il ne vaut peut-être pas la peine que je me donne tant de mal, mais je prends quand même le risque. Ce n'est pas par hasard que cet homme est entré dans ma vie et moi dans la sienne. Peut-être qu'on est censés s'entraider.

Ou se donner de l'espoir.

Chapitre 9

Jour 4, 13h12

« Elle est belle, donc faite pour être courtisée ;
elle est femme, donc faite pour être séduite. »
William Shakespeare

Drew

J'ai invité Fable à déjeuner pour la remercier d'avoir supporté mes conneries. Ce que je lui ai fait subir hier soir est inexcusable, et pourtant elle a trouvé le moyen de me pardonner. Avec moi, elle est d'une patience d'ange. Je ne la mérite pas.

L'inviter à déjeuner est une manière très surfaite de lui montrer à quel point j'apprécie ce qu'elle fait pour moi, mais je n'ai rien trouvé de mieux. Je doute qu'elle soit très réceptive à ce que je rêverais de faire pour lui exprimer ma reconnaissance. Malgré l'agréable baiser sur la joue d'hier soir et l'accolade rassurante qu'elle m'a donnée avant qu'on aille se coucher, ces marques d'affection relèvent davantage de l'amour fraternel que du désir sexuel.

C'est dommage, parce qu'elle me rend fou et que j'ai du mal à me concentrer. Je préférerais l'emmener dans mon lit, la déshabiller et me perdre en elle pour oublier, même si c'est seulement pour un moment. J'ai envie de couvrir de baisers chaque centimètre carré de son corps. Je veux m'asseoir, la tenir sur mes genoux et l'embrasser pendant des heures, jusqu'à ce que nos lèvres soient gonflées et nos mâchoires engourdies. Je veux savoir à quoi elle ressemble quand elle jouit. Et j'ai envie d'être celui dont elle criera le nom au moment de l'extase.

Je n'ai jamais ressenti ça pour une fille. Jamais. Je pense comme une gonzesse, mais Fable me fait un effet bœuf, dans le bon sens du terme. Et je ne la connais que depuis moins d'une semaine.

J'imagine que, parfois, c'est suffisant.

—J'adore ce restaurant.

Fable regarde autour d'elle une fois que la serveuse nous a apporté notre commande. Le sourire qu'elle m'adresse est le plus heureux que je lui aie vu depuis le début de son séjour.

—C'est tellement mignon. Et la nourriture sent divinement bon.

Tout ce qui se trouve dans le centre-ville de Carmel pourrait être qualifié de « mignon ». On dirait une ville de poupées avec tous ces pavillons partout, et tout y est minuscule, des passages étroits aux cachettes secrètes. On a l'impression d'être dans un conte de fées.

—Vas-y, attaque.

Je l'encourage à manger parce que je suis affamé et impatient de suivre mon propre conseil. J'ai commandé un sandwich au poulet et Fable une sorte de salade asiatique également au poulet. J'avale quelques bouchées, tellement occupé à me remplir la bouche de nourriture que je ne peux pas profiter de l'air béat que Fable affiche pendant qu'elle mange.

Je pose mon sandwich dans mon assiette, complètement fasciné. Je suis troublé de mesurer l'effet qu'elle a sur moi. Mon excitation et le fait que chacun de ses gestes m'électrise littéralement n'aident en rien.

Mais elle a l'air de vraiment apprécier la salade. Ses paupières sont à demi closes et le ravissement se lit sur son visage. Elle s'humecte les lèvres et la vue de sa langue rose m'achève. Je déglutis difficilement, ma faim soudain détrônée par d'autres appétits.

Mon désir pour Fable s'en trouve décuplé.

—C'est fantastique. Je pense que c'est le meilleur assaisonnement que j'aie jamais goûté.

Elle me regarde, l'air perplexe.

—Ça va ? Je pensais que tu avais faim.

—Euh…

Pris en flagrant délit.

—Tu ne manges pas. Tu n'aimes pas ?

Je trouve adorable qu'elle s'inquiète pour moi, mais mon manque d'appétit n'a rien à voir avec ce sandwich à la con. C'est elle qui me met dans cet état-là. Et le désir que j'éprouve pour elle.

Elle me fait sacrément envie.

Pour une fois, je suis prêt à me jeter à l'eau sans penser aux conséquences. On est attirés l'un par l'autre. Elle n'attend rien de moi, et je n'attends rien d'elle. J'ai l'impression que mon passé tumultueux pourrait être mis de côté et remplacé – du moins temporairement – par de nouveaux souvenirs que je peux construire ici, avec Fable.

— Si, c'est très bon.

Je prends une autre bouchée pour le prouver et elle sourit d'un air approbateur avant de replonger dans sa salade.

Je me rends soudain compte que ce déjeuner est un rencard. Je suis le plus pathétique des mecs de vingt et un ans. Je joue au football. J'ai de bons résultats à la fac. Des tas de filles rêvent de sortir avec moi et je n'ai jamais eu de rencard avec personne. Je n'ai pas la moindre idée de la manière dont je dois me comporter dans une relation. Mon passé m'a détourné de toutes ces occupations et je l'ai laissé me gouverner trop longtemps.

— Demain, c'est Thanksgiving, déclare Fable après avoir bu une gorgée de thé glacé. Est-ce que vous faites de grandes réunions familiales chez toi ?

— Pas vraiment.

Enfin, pas depuis la mort de Vanessa, ma sœur, mais je ne veux pas y penser. C'est un sujet trop sinistre pour aujourd'hui.

— Ces dernières années, on est partis en vacances pour Thanksgiving.

—C'est sympa!

Son sourire est doux, mais ses yeux n'expriment aucune joie. Elle dit ça simplement parce qu'elle pense que c'est ce que j'attends d'elle. Elle a bien vu à quel point ma famille était givrée.

C'est la première à s'en apercevoir.

Je poursuis :

—La plus grande partie de la famille de mon père vit sur la côte est. Mon père est originaire de New York.

—C'est vrai?

Elle s'essuie la bouche avec une serviette en tissu blanc, qu'elle laisse retomber sur ses genoux. Mon regard s'attarde sur ses lèvres. Elles sont charnues, d'une jolie nuance de rose et je meurs d'envie de les goûter de nouveau.

C'est comme si je m'étais réveillé ce matin obsédé par l'idée du sexe. Ce qui n'est pas très éloigné de la réalité, étant donné l'érection matinale que j'ai eue. J'avais rêvé d'elle : des images floues et brumeuses de nos corps enlacés sous les draps. Elle est le feu qui me consume et son ardeur me fait du bien.

—Oui. Ma mère était de là-bas aussi.

Je fronce les sourcils. Je n'ai pas envie de penser à elle non plus.

—Tu y es déjà allé?

—Oui, mais je n'y suis pas retourné depuis des années. Mes grands-parents vivent dans un immeuble sans ascenseur à Brooklyn. Le mode de vie est complètement différent, là-bas.

J'aimerais renouveler l'expérience. Mon grand-père et ma grand-mère sont toujours en vie, mais ils sont vieux et ils n'ont plus beaucoup de temps devant eux.

Mais ils n'aiment pas beaucoup Adèle, du coup, on ne va pas les voir souvent.

— Je meurs d'envie d'y aller un jour, renchérit-elle en soupirant d'un air mélancolique. J'ai toujours rêvé de voir New York.

— C'est une sacrée expérience, en effet.

J'adorerais l'emmener là-bas. C'est très présomptueux de ma part, mais j'ai besoin de lui faire plaisir, de lui montrer des choses qu'elle n'a pas l'occasion de voir dans sa vie.

— J'aimerais que tu m'expliques quelque chose, lui dis-je à la fin du repas, en attendant l'addition.

— Qu'est-ce que tu veux savoir ?

Je décèle de la méfiance dans ses yeux. On se ressemble plus que je ne le pensais et cela me rassure.

— D'où te vient ton prénom ?

En la voyant froncer les sourcils, je poursuis :

— Fable. Tu dois admettre que ce n'est pas commun.

— Ah, ça…

Elle rougit légèrement, comme si elle était gênée et elle baisse le regard vers la table.

— C'est ma mère. Elle est un peu spéciale. Quand je suis née, dès le premier regard, elle a déclaré que j'étais une sage. Elle était certaine que j'aurais plein d'histoires à raconter. C'est du moins ce qu'elle m'a dit quand j'avais environ cinq ans. Ma grand-mère racontait la même histoire.

— Une sage, hein ?

J'examine son visage et elle m'observe à son tour de ses grands yeux verts indéchiffrables. Elle a l'air bien plus mûre que les autres filles de son âge. Elle a vécu bien plus de choses, aussi. Elle passe son temps à s'occuper des autres. Mais qui s'occupe d'elle ?

— Et est-ce que tu as beaucoup d'histoires à raconter ?

Elle secoue lentement la tête et ses joues virent au rouge pivoine.

— Ma vie est d'un ennui mortel.

— Permets-moi d'en douter.

Je la trouve mystérieuse. Elle présente une façade de fille dure qui ne s'en laisse pas conter, mais j'ai le sentiment qu'elle a un côté extrêmement vulnérable.

— Si tu fais allusion à mes prétendues prouesses sexuelles, sache qu'elles n'ont rien de palpitant. Il n'y a rien à en dire. La plupart des rumeurs qui circulent sont fausses, de toute façon.

Sa bouche est tellement pincée après avoir prononcé ces mots que ses lèvres ont presque disparu.

Je suis momentanément pris de court par ce qu'elle vient de dire. J'essaie d'apprendre à la connaître. Je ne veux pas me mêler de sa vie privée ou de ses antécédents sexuels. Je ne suis pas prêt pour ça. Je ne sais pas si je le serai un jour.

— Je me fiche de tout ça.

— Pourtant, c'est précisément la raison pour laquelle tu as pensé à moi pour jouer le rôle de ta petite amie.

Son ton blessé ne m'a pas échappé. En la choisissant, je l'ai heurtée alors qu'elle était déjà malmenée par la vie. Cette pensée me donne envie de m'enfoncer sous terre.

—Je ne vais pas mentir. C'est vrai.

Je tends mon bras par-dessus la table, prends sa main dans la mienne et glisse mes doigts dans les siens. Elle a des doigts fins et froids. Je les masse dans l'espoir de les réchauffer.

—Mais, maintenant, je suis vraiment heureux de t'avoir choisie.

Nos regards se croisent de nouveau. Elle a les yeux écarquillés. J'ai l'impression d'avoir mis mon âme à nu devant elle.

—Moi aussi, je suis contente que tu m'aies choisie, admet-elle d'une toute petite voix.

Un torrent d'émotions déferle en moi et je fais de mon mieux pour garder un ton léger et décontracté. Mais, intérieurement, je suis sous le choc. On se met à parler de choses sans importance et je règle l'addition. Mon esprit est accaparé par le désir que j'éprouve pour elle. Je songe à la facilité avec laquelle elle s'est fait une place dans ma vie, à tel point que je n'imagine pas qu'elle n'en fasse pas partie.

C'est complètement dingue.

En plus, ce qui s'est passé la nuit dernière a évacué une partie de la tension entre nous et on est bien plus ouverts l'un à l'autre, cet après-midi. Tellement ouverts que, quand on quitte le café pour gravir la rue en pente raide qui mène au pick-up, je la prends par la main et elle se laisse faire.

On dirait presque un vrai couple.

— J'ai l'impression qu'il va pleuvoir, murmure Fable.

Je lève les yeux et je remarque les épais nuages noirs, bas dans le ciel.

— En effet.

La première goutte tombe au moment où je dis ces mots et elle sourit. Puis elle se met à rire. Son rire m'enveloppe et me fait frissonner de l'intérieur. J'aime ce son et je veux l'entendre encore.

De grosses gouttes se mettent à tomber et on s'arrête pour se regarder. Je resserre mon étreinte sur sa main et on se met à marcher plus vite, comme pour tenter d'échapper à la pluie qui tombe de plus en plus fort. On se retrouve trempés jusqu'aux os, au beau milieu d'une averse torrentielle.

— Où est-ce qu'on est garés, au fait ? me demande-t-elle.

La pluie tombe si dru que j'ai du mal à entendre sa voix.

— Beaucoup trop loin.

J'ai stationné ma voiture sur un parking public pour ne pas avoir à me soucier du parcmètre et je regrette vivement mon choix. Les trottoirs sont quasiment déserts. Un rideau de pluie s'abat sur nous et il nous reste encore quelques pâtés de maisons à parcourir.

— Peut-être qu'on devrait se cacher dans un magasin et attendre que ça passe, suggère-t-elle.

J'ai une meilleure idée. L'entraînant derrière moi, je me glisse dans une allée étroite dont je sais qu'elle mène à un studio d'artiste qui sert aussi de galerie. L'allée est entièrement recouverte par une épaisse couche de lierre qui pousse sur les murs et sur la treille construite au-dessus de nous. Il y fait sombre et on y est à l'abri de la pluie. Une guirlande de lumière blanche clignote au milieu du lierre, accrochée là en prévision de la saison des fêtes.

C'est vraiment un lieu magique et je remarque l'air émerveillé avec lequel Fable observe le lierre, les lèvres entrouvertes et les yeux écarquillés. Elle se retourne pour me regarder. Ses cheveux blonds sont trempés, ses joues constellées de gouttes de pluie. Sans réfléchir, je tends la main et essuie les gouttelettes avec mon pouce, sur une joue, puis sur l'autre. Elle est prise d'un tremblement et elle presse les lèvres l'une contre l'autre, le regard baissé.

Dans un murmure, je demande :

— Tu as froid ?

J'éprouve une envie irrésistible de la toucher. Elle est devenue ma bouée de secours, j'ignore comment.

Fable secoue lentement la tête et lève les yeux pour accrocher mon regard une fois encore.

— Cet endroit, c'est tellement joli… Tu es sûr que ce n'est pas un problème si on se cache ici un moment ?

— Oui, absolument certain.

Je l'attire contre moi sans pouvoir m'en empêcher et elle ne résiste pas. Elle semble fascinée par mes lèvres. On pense à la même chose et ça me soulage. Elle en a autant envie que moi.

Mais elle est si petite que je la domine de toute ma hauteur. Je regarde autour de nous et repère un petit banc en bois sur notre droite. Je la soulève en la prenant par la taille et elle pousse un cri de surprise. Je la pose sur le banc pour qu'elle soit plus grande que moi.

— Qu'est-ce que tu fais ?

Elle pose ses mains sur mes épaules et ses doigts se referment sur le tissu trempé de ma chemise.

— Je te laisse guider, dis-je en espérant que c'est ce qu'elle fera.

J'en ai vraiment envie. Tellement que ça me fait mal. Je pose les mains sur ses hanches en regrettant qu'elle porte un jean. Je préférerais qu'elle ne porte rien. J'aimerais qu'on soit ailleurs, de retour à l'annexe, qu'elle soit étendue à côté de moi. Nos mains et nos lèvres se lanceraient dans l'exploration du corps de l'autre.

Être avec Fable me donne l'impression d'être libre. J'aimerais m'en être rendu compte plus tôt.

Fable

Quelque chose a changé chez Drew depuis hier soir. Là où avant il était tendu et secret, il a l'air plus ouvert et plus heureux que jamais. Depuis qu'on est arrivés ici, on a parlé, on s'est disputés, on a parlé encore et ça nous a rapprochés en quelque sorte.

Mais ça me fait peur aussi. Il est tellement imprévisible. Il est capable d'être ouvert, charmant et tellement irrésistible que j'en ai le souffle coupé ; et l'instant d'après il devient sombre, silencieux et refermé sur lui-même. Passer du temps en compagnie de Drew peut s'avérer épuisant, mais quand il se comporte comme à cet instant précis, j'oublie tous les mauvais moments et je profite simplement du fait d'être avec lui.

À cause de cette averse inattendue, je suis trempée jusqu'aux os et j'ai l'air pitoyable, mais je n'y prête aucune attention. Pas quand Drew me contemple par en dessous, ses yeux bleus rivés aux miens. Il a le visage ruisselant de pluie et ses cheveux sont trempés. Tout comme nos vêtements. Mais on est dans cette petite allée qui ressemble à un tunnel, protégés par une treille en bois recouverte de lierre et c'est presque douillet. Il y fait sombre, malgré les petites lumières de Noël qui projettent une faible lueur sur nous. On n'entend rien d'autre que nos souffles haletants et la pluie qui martèle le trottoir et le bitume à quelques pas de là.

J'ai l'impression qu'on est seuls au monde, complètement isolés. Et qu'on n'a pas à s'inquiéter des gens qui pourraient nous surprendre ou de ce qu'ils pourraient dire. On peut faire ce qu'on veut sans avoir peur d'être jugés, sans se soucier des remarques désobligeantes. Les filles et les belles-mères jalouses se perdent dans le lointain et il n'y a plus que lui, moi et la pluie.

Tout en observant son visage, je caresse ses pommettes de mon index. Il ne s'est pas rasé ce matin et sa barbe naissante crisse sous mon doigt. Je me demande quelle sensation ce frottement provoquerait sur mon intimité.

Un frisson me parcourt à cette pensée.

Il se tient complètement immobile. Seul le léger battement de ses paupières montre qu'il réagit à mon contact et, prenant confiance, je dessine le contour de sa bouche. Lentement, en suivant la courbe de sa lèvre inférieure, puis de sa lèvre supérieure, mon doigt s'attarde aux coins de sa bouche, absorbant les fines gouttelettes d'eau qui constellent sa peau. Il entrouvre les lèvres pour saisir le bout de mon doigt et un soupir de plaisir m'échappe tandis qu'il le mordille tendrement, puis le lèche.

Il me rend folle. Je ne sais pas ce qui le rend si audacieux, aujourd'hui. Je ne sais pas pourquoi il me fait soudain des avances, mais je ne proteste pas. J'en ai envie. J'ai envie de lui.

— Tu comptes m'embrasser ou pas ? C'est de la torture, tu sais…, ajoute-t-il.

— Peut-être que j'ai envie de te torturer.

Je me sens d'humeur badine, et le sourire qui éclaire lentement son visage à ma remarque en vaut la peine.

Drew fait glisser sa main le long de mon dos jusqu'à ma nuque, ses doigts agrippant mes cheveux humides. Je penche la tête et nos bouches s'effleurent à peine. Il y a comme des étincelles qui passent entre nous.

J'ai aussitôt envie de lui, mais je me contiens. Je ne veux pas me précipiter et gâcher ce moment. Il y a une sorte de magie dans l'air et on est pris dans un enchantement que je ne suis pas encore prête à briser.

Je veux faire durer cet instant.

On échange des chastes baisers et, chaque fois que je sens sa bouche sur la mienne, je sens des fourmillements au creux de mon ventre. J'ai la chair de poule et je passe les bras autour de son cou, glissant mes doigts dans ses cheveux mouillés et le tenant serré contre moi. Son autre bras est enroulé autour de ma taille et il me serre contre lui. Nos corps trempés sont collés l'un à l'autre.

—Fable.

Il murmure mon nom de sa voix profonde et sensuelle, et j'entrouvre les lèvres, expirant dans sa bouche. Elle est tendre et douce. Sa langue est tiède et humide et elle se mêle à la mienne. Le feu contenu qui brûle mon ventre redouble d'intensité. J'ai si chaud que je pourrais arracher mes vêtements et frotter mon corps nu contre le sien pour éteindre le désir qui me consume.

Ce baiser langoureux laisse place à d'autres, sensuels et avides. Ses doigts tirent si fort sur mes cheveux que ça me fait mal, mais je m'en fiche. J'ai envie de lui et j'en veux toujours plus. Je veux tout ce qu'il peut me donner.

Il s'arrête le premier et j'appuie ma tête contre la sienne. Nos halètements incontrôlés sont le seul son audible dans ce tunnel feutré. La pluie semble avoir diminué. Elle ne tombe plus aussi fort et j'ouvre les yeux et me rends compte qu'il m'observe avec attention.

—On court jusqu'à la voiture ? propose-t-il.

Je ne sais pas quoi répondre. Je n'ai pas envie qu'il me lâche. Il me tient serrée contre lui. Je me sens en sécurité. Protégée.

—Il pleut encore.

—Pas aussi fort qu'avant.

—On va être trempés, objecté-je, sans conviction.

— On est déjà trempés.

Il m'embrasse, garde sa bouche proche de la mienne et murmure :

— Je veux qu'on retourne à la maison pour être vraiment seuls.

Mon cœur s'emballe à ces mots. Il a envie de moi. Et moi aussi, j'ai envie de lui.

— D'accord.

J'acquiesce d'un hochement de tête et il me soulève du banc avant de me lâcher, de telle manière que je glisse le long de son corps jusqu'au sol. Je peux sentir chaque centimètre carré de son torse, ses muscles durs et inflexibles, l'effet que je lui fais… Le pouvoir que j'ai sur lui en cet instant me grise.

Ce qui est sur le point de se passer va tout changer entre nous. Et, pour une fois, je suis impatiente. Il n'y a aucune honte à faire l'amour avec une personne à qui on tient. Ce n'est pas un autre de ces garçons anonymes qui cherchent à me faire oublier ma solitude.

Cette pensée m'excite autant qu'elle me terrifie.

Drew

Le trajet jusqu'à la maison m'a paru durer une éternité. Il y avait une circulation infernale, avec la pluie et les routes glissantes. Il a fallu que je reste prudent. Je me suis rendu compte que mes pneus arrière glissaient sur l'asphalte dans les virages et j'ai ralenti l'allure. J'ai fait de mon mieux pour m'armer de patience.

Mais avec Fable assise sur le siège passager, trempée et sensuelle, belle à croquer, c'était difficile.

Au moment où on arrive à la maison, je saute hors du pick-up et lui ouvre la portière. La pluie a diminué, même si elle tombe toujours avec régularité et je ne sais pas du tout s'il y a quelqu'un à la maison.

Et puis merde ! Je m'en fiche. Je suis tellement impatient d'emmener Fable à l'intérieur que j'ai du mal à mettre de l'ordre dans mes pensées.

Elle rit doucement tandis que je la tire derrière moi à l'intérieur de la maison et ferme la porte en la verrouillant avec un caractère définitif qui me procure une certaine satisfaction. Personne ne viendra nous déranger. Je ne le permettrai pas. Il faut que je voie Fable nue. Il le faut. Je n'ai pas le choix.

Je la presse contre le mur attenant à la porte d'entrée et pose les mains au-dessus de sa tête. On s'embrasse jusqu'à être tous deux submergés par le désir. Nos hanches s'imbriquent et on se frotte l'un contre l'autre. Nos vêtements mouillés me rendent fou, au point que j'attrape l'ourlet de son chemisier et commence à le soulever.

— Tu essaies de me déshabiller ? demande-t-elle sur un ton provocant.

J'adore le timbre de sa voix et l'affection avec laquelle elle prononce ces mots. Je hoche la tête, incapable de prononcer un mot de peur de gâcher cet instant.

Elle pousse sur mon torse si fort que je n'ai d'autre choix que de faire un pas en arrière et je la regarde, haletant, soulever lentement son chemisier, le passer par-dessus sa tête et le laisser tomber sur le sol. Elle se tient devant moi dans son soutien-gorge rose pâle orné de dentelle noire, ses seins arrondis par les bonnets, et tout ce dont j'ai envie, c'est de le lui enlever pour les prendre à pleines mains.

Ses yeux brillent lorsqu'elle m'embrasse de nouveau et je me laisse faire volontiers, dévorant sa bouche et laissant courir mes mains de haut en bas le long de ses flancs nus. Mes doigts se rapprochent de plus en plus de ses seins et, enfin, je les tiens entre mes paumes et je passe mon pouce sur le devant de son soutien-gorge. Un doux gémissement vient récompenser mes efforts.

Je l'entends murmurer mon nom pendant que je l'embrasse dans le cou et elle frissonne sous mes lèvres. Je laisse glisser ma langue sur sa peau, savourant son arôme, la manière dont elle fond sous mes doigts, et je passe les mains dans son dos. Je me débats quelques instants avec la fermeture de son soutien-gorge, qui se défait assez facilement.

J'ai les mains qui tremblent de nervosité et je m'écarte d'elle, passe mes doigts tremblants dans ses cheveux, sur sa joue. On se regarde et je vois les bretelles lâches de son soutien-gorge autour de ses épaules. Je glisse ma main en dessous et les retire lentement, la dévoilant à mes yeux pour la première fois.

J'ai le souffle court et je ne parviens pas à détacher mon regard d'elle. Elle est magnifique et elle a les plus jolis mamelons rose pâle que j'aie jamais vus. Je les touche, faisant le tour d'un mamelon avec mon pouce, puis de l'autre.

Elle ferme les yeux et émet un léger sifflement, ses mains appuyées contre le mur, la poitrine en avant. Je me penche sur elle et l'embrasse sur les épaules, la poitrine, les seins. Je joue à attiser notre désir et j'ai l'impression que je vais exploser.

Quand je finis par prendre un de ses mamelons durcis entre mes lèvres, elle m'agrippe par les cheveux. Son corps se tend tandis que je fais tourner ma langue sur son aréole. Nous sommes tous les deux à bout de souffle. J'aimerais ne pas avoir commencé ici. J'aurais dû attendre qu'on soit dans un lit.

—Andrew, dit-elle dans un murmure.

En entendant mon nom, je me fige tandis que les souvenirs envahissent mon esprit.

« Laisse-moi te toucher, Andrew. Je sais que ça va te plaire. Ce sera tellement parfait, entre nous. S'il te plaît, Andrew. Je sais comment te donner du plaisir... »

Je me dégage de l'étreinte de Fable et je recule, haletant, l'esprit encombré de souvenirs.

—Drew, qu'est-ce qui ne va pas ? Qu'est-ce qu'il y a ?

Je me concentre sur Fable. Je la regarde se décoller du mur et s'avancer vers moi, ses seins tressautant à chaque pas qu'elle fait, une expression inquiète sur le visage. Je suis en train de tout gâcher. Je laisse mon passé obscurcir le présent, et même l'avenir. Et je suis rempli d'une rage inexplicable.

Ce n'était pas censé arriver. Pas comme ça, pas aujourd'hui. Je secoue la tête, incapable de parler. Ma langue me paraît faite de plomb.

Elle tend la main vers moi et touche la mienne. Je m'arrache à son contact comme si elle m'avait brûlé.

— Drew.

Elle a un ton sévère, ce qui me ramène encore à mes souvenirs. Je secoue de nouveau la tête, en essayant de me débarrasser de ces sombres pensées, mais en vain.

— Ne te ferme pas, Drew. Ne fuis pas. Dis-moi ce qui ne va pas.

Elle me supplie. Je vois des larmes rouler sur ses joues, mais je ne peux pas lui révéler mon secret.

Si elle pense que les choses vont mal maintenant, j'ai du mal à imaginer sa réaction quand elle saura la vérité.

— Je... je ne peux pas faire ça.

Sans lui laisser le temps de répliquer, je tourne les talons et me précipite vers ma chambre, claquant la porte derrière moi avant de tourner le verrou. Je voudrais qu'elle soit avec moi, mais, en même temps, j'aimerais qu'elle soit très loin. C'est complètement contradictoire et je ne sais plus quoi faire. Peut-être que je serais mieux tout seul.

Je ne peux pas continuer à vivre comme ça, à laisser cette... femme me contrôler comme elle l'a fait auparavant, mais je ne maîtrise pas mes réactions. J'ai besoin d'aide. Mon esprit part à la dérive et j'ai besoin que quelqu'un vienne me sauver avant qu'il ne soit trop tard.

Une vague d'effroi s'abat sur mon dos et j'enlève tous mes vêtements, les abandonnant en un tas humide sur le sol. Je ne prête aucune attention à ma furieuse érection. Je suis tellement dur que mon pénis me fait mal, mais je refuse de me masturber – peu importe le soulagement que je pourrais en retirer. Je devrais être avec Fable en ce moment, pas tout seul en proie à des souvenirs malsains.

Elle tambourine à la porte et me demande de la laisser entrer. Je me retourne et contemple la porte fermée. Mon cœur bat si fort que le son des pulsations emplit ma tête et je n'entends plus rien. Je respire comme si je venais de courir des kilomètres sans m'arrêter et je suis tellement tendu que j'ai l'impression que ma peau va se déchirer. J'ai chaud. J'ai de la fièvre.

J'ai la tête qui tourne.

Et merde !

Fable

Je suis sur la pointe des pieds et je cherche au-dessus du chambranle une de ces clés Allen qui ouvrent tous les verrous. Je l'attrape, insère la petite pièce de métal dans la serrure et je tourne, soulagée d'entendre un déclic et de la voir s'ouvrir facilement.

Je ne devrais peut-être pas faire ça. Je ne devrais pas m'immiscer dans l'intimité de Drew alors qu'il me repousse.

Mais sa réaction m'a terrifiée et je suis morte d'inquiétude. Je dois le suivre et m'assurer qu'il va bien. Il avait une expression tellement pleine de désespoir quand il s'est écarté de moi. Je ne suis pas certaine de savoir ce qui a déclenché cette réaction.

J'ai peur de découvrir ce qui ne va pas, mais il le faut. Pour Drew.

Lorsque j'ouvre la porte, je l'aperçois, debout au milieu de la pièce, complètement nu. Et, pendant un moment, je suis stupéfaite. Il a un corps splendide, une œuvre d'art, un hommage à la virilité. Il a de larges épaules. Les muscles de son dos sont lisses et ses fesses aussi fermes que de l'acier. Mon corps tout entier hurle son envie de le sentir bouger contre moi, avec moi, mais je sais que ce n'est pas ce dont il a besoin en ce moment.

La voix aussi brisée que mon cœur, je murmure :
— Drew...

Il tourne sur lui-même et je lis la douleur et l'humiliation sur son visage.

— Tu devrais t'en aller.
— Laisse-moi t'aider.

Je m'approche de lui et il secoue la tête.

— Va-t'en, Fable. Je ne veux pas que tu me voies comme ça.

Il baisse la tête et mon regard tombe sur le bas de son corps. Il a une érection impressionnante. Je ne sais pas ce qui a pu gâcher ce qui promettait d'être un si beau moment de partage, mais je ne peux rien y faire, à présent.

— Tu ne peux pas me repousser comme ça.

Je sais ce qu'il est en train de faire. Il agit par habitude. Je refuse de le laisser me faire ça, à moi aussi. Je vais rester ferme sur mes positions et l'aider vraiment.

Je veux rester ici.

—Je ne suis pas fait pour toi, murmure-t-il d'une voix rauque. Pas comme ça. Je ne peux pas… Tu n'as pas envie d'être avec moi quand je suis comme ça.

—S'il te plaît, Drew…

J'ai pris un ton suppliant, mais je m'en fiche. Je ne fais jamais ça. Je ne rampe jamais devant personne, je fais de mon mieux pour me maîtriser. Mais je suis terrifiée de le voir dans cet état. Je ne peux pas le laisser seul et je ne veux pas qu'il me repousse. J'ai l'impression qu'en cet instant je suis tout ce qu'il a au monde.

—Dis-moi ce que je peux faire.

—Tu peux t'en aller.

Il se retourne et je me précipite vers lui. Je saisis son avant-bras et l'empêche de s'éloigner.

—Non.

Nos regards s'affrontent et je tiens bon, même si je sais que j'ai l'air ridicule, à moitié nue et trempée de pluie.

—Je ne m'en irai pas.

Il baisse les yeux sur ma poitrine toujours nue et son regard s'attarde sur mes seins. Je sens mes mamelons se durcir sous son examen attentif et je me jette sur lui sans parvenir à m'en empêcher. Mon corps trahit mes sentiments, même si je fais de mon mieux pour ne pas laisser paraître de façon évidente l'effet qu'il a sur moi. Ce qui nous arrive à présent n'a rien à voir avec le sexe. Drew a besoin que je le réconforte. Il a besoin que je l'accepte.

— Tu trembles, murmure-t-il, tendant la main pour saisir une mèche de cheveux humides qu'il frotte entre ses doigts, les yeux toujours rivés sur ma poitrine. Il faut que tu enlèves ces vêtements. Ils sont trempés.

C'est comme s'il revenait vers moi petit à petit, depuis cet endroit sombre et désolé où il s'est réfugié. Il est plus détendu, ses yeux ne sont plus agrandis d'horreur. Il a retrouvé sa voix habituelle et il ne tremble plus aussi violemment.

Je ne suis pas certaine de savoir ce qu'il attend de moi, mais je suis prête à le lui donner.

À m'offrir à lui, complètement.

Chapitre 10

Jour 4, 21 h 49

« Les rameaux de l'amour sur les cœurs s'entrelacent, comme ceux de la vigne sur le chêne vivace. » Ardelia Cotton Barton

Drew

On est allongés sur mon lit. Fable est enroulée autour de moi et on est nus tous les deux. Pourtant, ça n'a rien de sexuel, si ce n'est la manière dont nos corps sont emboîtés. On s'est endormis dans cette position. Elle dort encore d'un sommeil profond et je suis allongé depuis au moins une heure, les yeux grands ouverts. Des pensées fusent dans mon esprit au vu de toutes les possibilités que m'offre le fait de la tenir dans mes bras.

Elle a refusé de s'en aller après mon pétage de plomb. Pourtant, j'ai fait de mon mieux pour la repousser. Je l'admire d'être restée, et j'en oublie même à quel point j'avais envie qu'elle me laisse seul dans un moment aussi humiliant. Pour quiconque me voyait comme ça, brisé, pris de vertiges et tellement perturbé, je devais avoir l'air d'un fou. Ou d'un puceau effarouché qui ne supporte pas l'idée d'avoir une relation sexuelle. Je jure dans ma tête en pensant aux rumeurs qu'elle pourrait colporter sur mon compte après cet épisode. Je serais fini.

Mais elle n'a pas sourcillé. Elle a simplement continué à me parler de sa voix calme et douce jusqu'à ce que je sois forcé de me laisser faire. Ensuite, elle m'a mis au lit, a tiré la couverture jusqu'à mon menton, complètement impudique avec son torse nu. Je me suis laissé hypnotiser par ses seins tandis qu'elle se penchait sur moi et déposait un baiser sur mon front.

Malgré la panique qui m'a saisi quand elle a prononcé mon nom —j'imagine que ce souvenir est trop difficile à oublier—, je voulais qu'elle reste près de moi. Je voulais la sentir contre moi, persuadé que sa présence me réconforterait.

Et me torturerait, mais ça, je pouvais le supporter.

Alors quand elle a fait mine de s'en aller, je l'ai prise par le bras et lui ai demandé de rester. Je ne voulais pas être seul avec mes pensées et mes souvenirs. J'ai vu la réticence dans ses yeux, mais elle est restée quand même, a retiré tous ses vêtements trempés et ma bouche s'est asséchée à la vue de son magnifique corps mince dans son entière nudité.

Elle est entrée dans le lit et je l'ai prise contre moi. Je l'ai tenue serrée, son dos contre mon torse et on s'est endormis au son de la pluie qui tombait au-dehors. Je ne me souviens pas de la dernière fois où je me suis senti aussi bien. Je serrais dans mes bras son corps chaud et splendide, ma peau contre la sienne, nos respirations à l'unisson et ma main posée sur son ventre lisse.

Je me suis réveillé sur le dos, avec son corps étendu sur le mien, ses cheveux parfumés toujours humides sur mon visage. C'était tellement agréable que j'ai cru que je rêvais. Puis j'ai pris conscience que c'était réel et je n'ai pas bougé, de peur de la déranger dans son sommeil et de la voir s'en aller.

À cet instant, je ne veux plus jamais qu'elle me quitte.

Doucement, en retenant mon souffle, je passe mes doigts dans ses cheveux pour les lisser. Elle se resserre contre moi, son visage contre ma poitrine, ses lèvres caressant ma peau. Mon érection ne se fait pas attendre. La pluie tombe toujours au-dehors. La pièce est entièrement plongée dans l'obscurité et je ne vois rien. Je ne peux que ressentir.

Ça faisait des années que je n'avais rien ressenti.

Elle se réveille doucement. Je l'ai deviné au changement dans sa respiration, à sa façon de s'écarter. Je resserre mon étreinte et la serre contre moi, sans un mot, de peur de tout gâcher avec une remarque stupide.

Au lieu d'essayer de se dégager, elle lève la tête et se blottit contre moi, sa bouche dans mon cou. Elle m'embrasse doucement et je sens des fourmillements se répandre dans tout mon corps. J'en ai des frissons. Je jurerais qu'elle sourit.

Je passe un bras autour de sa taille et écarte les doigts au maximum pour toucher autant de peau que possible.

Je ne sais pas ce que je fais, ou ce que j'essaie de faire, mais je sais que je n'y tiens plus. Je suis dans l'obscurité, avec Fable. Aucun souvenir ne me hante et je sens son souffle chaud sur mon oreille. Elle plonge ses dents dans la chair tendre de mon lobe et je sursaute tandis qu'un soupir qui ressemble étrangement à un éclat de rire s'échappe de mes poumons.

— Chatouilleux ? murmure-t-elle.

Je hoche la tête. J'ai toujours peur de parler. Je profite du son de sa voix douce qui m'enveloppe. Je n'ai jamais ri pendant l'amour, avant. Je n'ai jamais trouvé ça particulièrement drôle. C'était davantage un moyen de parvenir à mes fins…

Ou un secret honteux, teinté de culpabilité.

— Tu as le corps le plus magnifique que j'aie jamais vu, me chuchote-t-elle en se glissant sur moi.

L'épais duvet recouvre encore nos corps et sa chaleur se mêle à la mienne, formant un cocon autour de nous dans ce petit paradis privé.

— Tu ne me vois même pas.

Je suis surpris de voir à quel point son compliment m'a fait plaisir.

— Oh, je t'ai vu. Et je te sens.

Ses mains me caressent partout, sur tout le corps, et ça m'excite.

— Tu es tout en muscles, Drew Callahan. Il n'y a pas un gramme de graisse en trop sur ton corps.

Je perçois de l'amusement dans son ton. Je sais à quel point elle aime me provoquer.

—Ce n'est probablement pas vrai.

Je bute sur le dernier mot tandis qu'elle se laisse glisser sur le côté pour s'allonger contre mon flanc. Elle passe la main sur ma poitrine, le long de mes abdos et ses doigts caressent doucement mon ventre, ce qui m'arrache un frisson. Mon sexe est dur comme une lance et me fait mal, mais je refuse de lui demander plus que ce qu'elle voudra bien me donner.

J'ai peur. Je suis effrayé à l'idée de faire l'amour de peur de tout gâcher et de péter un plomb. Ou, pire, de voir tous ces souvenirs remonter à la surface. Je ne le supporterais pas.

Ce qui m'est arrivé autrefois a obscurci toute ma vie. Ça m'a détruit. Je suis fatigué de me laisser gouverner par mon passé.

Tellement fatigué.

Sa main s'éloigne de mon pénis et je pousse un soupir de soulagement. Je suis pourtant à l'agonie. Je donnerais n'importe quoi pour sentir ses mains sur moi. J'ai terriblement envie de sentir nos corps se fondre l'un dans l'autre. Je prends sa joue dans ma paume et lui soulève la tête pour l'embrasser farouchement. Cette fois, ce n'est pas un doux baiser. Je la dévore et je bois ses lèvres, aspire sa langue, et elle en fait autant. On promène nos mains partout, découvrant le corps de l'autre, nous rapprochant de zones plus intimes à chaque caresse. Puis je sens son emprise hésitante sur mon sexe. Sa main tremble et mon corps tout entier est lui aussi pris de tremblements.

Je gémis en la sentant me toucher pour la première fois et ça la rend plus audacieuse. Elle serre mon pénis et commence à le caresser, ses petits doigts faisant de moi une boule de désir frénétique. Je l'embrasse de nouveau, me perdant dans son parfum, dans sa main, et je me laisse emporter par les sensations.

Elle murmure mon nom contre mes lèvres. Ses caresses se font plus rapides et je pousse un grognement, me cabrant sous son étreinte. Une bataille s'engage en moi tandis que j'approche de l'orgasme et que je le combats.

Ce n'est pas bien. Tu devrais avoir honte. Tu devrais être écœuré par ce que tu fais. Tu es dégoûtant.

Je repousse cette voix exaspérante au fond de mon esprit et je me rappelle qu'il s'agit de Fable. Si belle, si douce, si forte. Ce qu'on est en train de faire, de partager, n'a rien de honteux. Il n'y a rien de mal à ce que deux personnes éprouvant de l'attirance l'une pour l'autre se donnent du plaisir.

Pourtant j'ai du mal à m'en convaincre complètement.

Elle arrête de remuer la main et cesse de m'embrasser.

—Ça va ?

Je suis abasourdi qu'elle me pose la question. J'ai l'impression de me comporter comme une vierge effarouchée. Je commence à m'écarter et elle resserre son étreinte sur mon sexe, ce qui m'effraie légèrement. Je ne peux aller nulle part avec cet étau qui enserre mes parties les plus intimes.

—Drew. C'est juste que… j'ai l'impression que ce n'est pas facile pour toi. De faire l'amour.

Elle a un ton hésitant. Elle manque d'assurance et desserre son emprise, son pouce décrivant des cercles autour de l'extrémité de mon pénis.

Je ne vais pas tarder à exploser. Je tends le bras et prends sa tête dans mes mains pour l'embrasser doucement, avec révérence.

Je voudrais que ce moment dure une éternité. Et je ne veux pas la laisser s'approcher davantage. Je l'ai déjà tellement dans la peau que j'ai peur qu'elle ne devine ce que je cache. De la décevoir. De ne pas être celui qu'elle cherche.

—J'en ai envie, dis-je après ce long baiser.

Elle a lâché mon sexe, mais je la sens toujours. J'ai toujours envie d'elle. J'ai besoin qu'elle me fasse passer au niveau supérieur, pour que je puisse oublier complètement, même un court moment.

—J'ai envie de faire l'amour avec toi, Fable.

Je prononce son nom pour me donner une contenance, pour me rappeler que je suis avec elle, la fille qui est devenue ma raison de vivre en si peu de temps. La fille dont je suis en train de tomber amoureux.

Fable

Le pénis de Drew est tellement gonflé qu'il doit lui faire mal. C'est en partie la raison pour laquelle je l'ai caressé. Je n'ai pas pu résister. Enfin, il y avait ça et le fait que j'avais besoin de savoir ce qui arriverait si je le faisais. Est-ce qu'il allait encore me repousser ? Je veux lui donner du plaisir parce que, peu à peu, ses joies deviennent les miennes, et si je peux l'aider à oublier ce sentiment terrifiant que le sexe provoque chez lui, alors ça en vaut la peine.

J'aimerais que les lumières soient allumées, pour pouvoir le regarder, mais je devine qu'il n'est pas encore prêt pour ça.

Mon entrejambe me brûle si fort que je pourrais presque mourir de désir. J'aimerais qu'il pénètre en moi, mais je ne veux pas le brusquer. Je suis sidérée d'être celle qui ouvre les hostilités, mais il cache de lourds secrets et j'espère qu'il me les révélera un jour, même si je suis terrifiée à cette idée.

J'ai une peur bleue de ce que je pourrais découvrir.

Drew murmure mon nom et je l'embrasse. Je le caresse, l'agrippe plus fort et ma main décrit des va-et-vient de plus en plus rapides. Je veux bien me contenter de le masturber ce soir. J'aime l'idée de faire quelque chose d'aussi juvénile. Nous sommes deux adultes, nus dans un lit et seuls dans une gigantesque maison. On pourrait faire l'amour n'importe où. Il pourrait me prendre dans chacune des pièces de la maison, sur la terrasse, partout. Et je le laisserais faire. J'ai tellement envie de lui.

Pourtant, nous voilà, comme deux gamins sur la banquette arrière d'une voiture garée à l'arrière du drive-in, qui essaient de se soulager avant le couvre-feu de minuit.

Il pousse un grognement sourd et se raidit, son corps tendu à son paroxysme pendant un instant avant de se relâcher complètement. Il jouit sur mes doigts tandis que je garde la main sur son pénis. Son corps est pris de convulsions et ses hanches tressautent. Une vague de satisfaction me traverse et je me penche pour l'embrasser, pour mêler nos langues. Je souris lorsqu'il éloigne sa bouche de mes lèvres pour laisser échapper un petit gémissement tremblant.

En m'écartant de lui, je descends du lit sans un mot et traverse le couloir qui mène à la salle de bains. J'allume la lampe. Je suis surpris par mon reflet dans le miroir, et je m'arrête un instant pour me contempler.

J'ai les yeux brillants, les joues rouges et les lèvres gonflées par ses baisers avides. Tout mon corps est rose de plaisir et mes mamelons sont durs.

J'aimerais que Drew puisse me voir. Qu'il ne soit pas nécessaire de nous envelopper dans l'obscurité. Est-ce que c'est ça qui rend les choses plus faciles pour lui ?

En chassant ces pensées maussades de mon esprit, je me lave les mains et referme le robinet. Puis je fais tout ce que je peux pour lisser mes cheveux. Ils sont complètement emmêlés à cause de la pluie et tombent en mèches erratiques autour de mon visage.

C'est aussi la faute de cet homme qui a enfoui ses mains dans ma chevelure pour me tenir et m'embrasser sans retenue.

Il est toujours allongé à l'endroit où je l'ai laissé. J'aperçois sa silhouette en me glissant hors de la salle de bains. Au moins, sa respiration est plus calme. Je me dirige vers lui et grimpe sur le lit où je m'agenouille à côté de lui.

—Fable, commence-t-il.

Je ne le laisse pas poursuivre, me penchant sur son visage pour poser un doigt sur ses lèvres.

— Ne dis rien. Tu pourrais tout gâcher, dis-je dans un souffle.

Je sens un faible sourire se former sous mon doigt.

Rassurée à l'idée qu'il ne gâchera pas ce moment, je m'étends à côté de lui et tire la couverture sur nous. Malgré les tremblements et la tension de mon corps, je suis épuisée et j'ai du mal à résister à l'idée de me rendormir blottie dans les bras vigoureux de Drew. Je me rapproche de lui et pose ma joue contre sa poitrine ferme. Je peux sentir son cœur battre la chamade.

Il a de nouveau les doigts dans mes cheveux et effleure mon front de sa bouche. Je me laisse envelopper par le plaisir enivrant et ferme les yeux, laissant mes doigts courir sur sa peau.

— Je sais que demain, c'est Thanksgiving, et que je devrais probablement garder cet aveu pour moi en attendant. Mais il n'est pas question que je le dise devant mes parents alors je vais te dire maintenant ce pour quoi je suis le plus reconnaissant, murmure-t-il, la tête enfouie dans mes cheveux.

Sa voix m'apaise et éveille en moi de faux espoirs que je suis trop fatiguée pour repousser.

J'ouvre les yeux et contemple l'obscurité.

— Et de quoi es-tu le plus reconnaissant ?

Ma respiration se bloque au fond de ma gorge. J'ai envie d'entendre ce qu'il a à dire mais je ne peux pas m'empêcher d'avoir peur.

Il garde le silence quelques instants, comme pour rassembler son courage, et mon cœur se serre pour lui.

— Je tenais à te remercier. Toi. Le fait que tu sois ici, que je puisse passer du temps avec toi, ta façon de t'occuper de moi, même lorsque j'essaie de te repousser.

Sa voix monte dans les aigus et il se racle la gorge.

— J'ai de la chance de t'avoir trouvée.

Le silence s'installe pendant de longues minutes. Ma gorge est nouée par une émotion inconnue que je n'arrive pas à définir et j'essaie d'avaler ma salive, mais en vain. Ses bras musclés me tiennent serrée contre lui. J'ai l'impression de ne plus pouvoir bouger, de ne plus pouvoir respirer et, avec un petit cri, je glisse pour échapper à son étreinte, tombant du lit dans le même mouvement.

Je me relève difficilement et j'entends le froissement de la couette lorsqu'il se redresse.

— Fable, qu'est-ce qui ne va pas ?

Maintenant, c'est moi qui suis prise de panique et je déteste ça. Je me sens mal. Il n'a rien fait pour mériter un tel traitement. Il m'a simplement dit ce qu'il ressentait et qu'il était reconnaissant de m'avoir rencontrée, moi. Et voilà que j'essaie de m'enfuir, effrayée par ses paroles et les merveilleuses émotions qu'elles éveillent en moi.

Mais ce n'est pas réel. Il se laisse griser, comme moi, et je n'arrive plus à distinguer la réalité du mensonge. Je sais que lui non plus. Il aimerait qu'on soit réels et c'est facile de penser que notre relation va fonctionner quand on est seuls, quand on fait semblant d'être quelque chose qu'on n'est pas.

Quand on retournera dans le monde réel, on s'apercevra d'à quel point on est différents. On se rendra compte que toute relation entre nous est impossible.

Je ne suis pas assez bien pour un mec comme Andrew D. Callahan.

— Il… il faut que j'aille prendre une douche.

J'en ai soudain besoin. Je ne résiste pas à l'idée de me débarrasser de ces émotions tumultueuses avec de l'eau brûlante, et il faut que je sorte d'ici.

— D'accord.

Il s'éclaircit la gorge et je me demande s'il est conscient de mon malaise. C'est obligé.

— Est-ce que tu reviendras te coucher après ?

Il lui a fallu déployer des efforts surhumains pour dire ces quelques mots. Je m'en rends compte au ton de sa voix.

— Bien sûr.

Je suis en train de mentir et je m'en veux. Un mensonge comme celui-ci est impardonnable. Je déteste les menteurs. Mais je devrais me détester parce que, en réalité, c'est à moi que je mens en pensant que Drew peut vraiment ressentir quelque chose pour moi.

Je m'enfuis de sa chambre et me réfugie dans la salle de bains, où je prends une douche brûlante. Je me frotte la peau jusqu'à ce qu'elle soit rouge et à vif, tandis que la vapeur s'accumule dans la pièce étroite et que l'air chaud me donne le tournis. Des larmes coulent sur mon visage et des sanglots déchirants me secouent le corps. Je ne comprends pas pourquoi je suis si triste ni pourquoi j'ai éprouvé le besoin de m'éloigner de Drew. Je ne regrette pas ce que j'ai fait pour lui, la manière dont je l'ai touché et soulagé. Dont je lui ai donné du plaisir. Si ça l'a aidé à oublier un peu les pensées qui le hantent, je suis contente. Il mérite au moins ça.

Mais ma réaction est incroyablement ridicule. Je suis en train de péter les plombs. Je refuse de devenir dépendante de Drew, mais c'est trop tard. Je le suis. Ça m'est tombé dessus lentement mais sûrement, et, si je ne freine pas rapidement, mon cœur risque de saigner quand on va se séparer.

Un soupir tremblant s'échappe de ma poitrine tandis que je sors de la douche et me sèche rapidement. Je retourne dans ma chambre à pas de loup et enfile un pantalon de survêtement et un tee-shirt. Puis je me glisse dans mes draps glacés et tire la couette sur moi, mon corps encore chaud frissonnant dans la fraîcheur de la pièce.

Je suis complètement épuisée et émotionnellement vidée, mais je ne parviens pas vraiment à trouver le sommeil pendant le reste de la nuit. Je remue et me retourne en tous sens en pensant à Drew dans la pièce à côté. Je l'ai abandonné. Je l'ai laissé tomber.

Je ne vaux pas mieux que ma mère.

Je me mets à pleurer à cette pensée.

Chapitre 11

Jour 5 – Thanksgiving – 12 h 55

« Plus je te repousse et plus je veux que tu viennes vers moi. » Drew Callahan

FABLE

INCRÉDULE, LUTTANT CONTRE MON ENVIE DE ME précipiter dehors pour fumer, je demande :
— Maman ne cuisine pas pour Thanksgiving ?
Je suis à cran et j'ai les mains tremblantes, mais il ne reste plus que deux clopes dans mon paquet, qui était plein quand je suis arrivée ici. Il faut que je les garde.
— Non. Elle m'a dit qu'il y avait un plat de dinde congelée de chez Marie Callender dans le frigo si j'avais envie. Sinon, je suis tout seul.
Owen a l'air écœuré et je ne le blâme pas.

— J'imagine qu'elle est partie en week-end avec Larry. Il a une fille, je crois, et ils devaient manger une dinde là-bas.

Incroyable ! Ma mère n'a même pas pris la peine de convier Owen au réveillon. C'est son fils, quand même. Je me sens terriblement coupable à l'idée de ne pas être avec lui, mais ce n'est pas nouveau. Je commence à penser que tout l'argent du monde ne vaut pas ce que je vis. J'ai le cœur en lambeaux, le cerveau au ralenti et mon frère est tout seul pour une fête que notre mère adore d'habitude et qu'elle se met en quatre pour célébrer.

Même si on n'est que tous les trois depuis la mort de mes grands-parents à quelques mois d'intervalle, quand j'avais onze ans, ma mère cuisine toujours un énorme dîner de Thanksgiving auquel elle invite tous ses amis et connaissances. Parfois, c'est un de ses mecs. D'autres fois, des amis du bar où elle aime passer du temps, les gens isolés qui n'ont pas de famille avec qui passer la journée.

Ma mère a ses défauts — elle en a même une sacrée quantité —, mais elle ramène toujours les brebis égarées pour les fêtes. Elle n'aime pas voir les gens tristes et seuls.

Je secoue la tête en fronçant les sourcils. Pourtant, elle est prête à abandonner son fils, à ne jamais contacter sa fille. Parfois, j'ai l'impression qu'elle prête plus d'attention à ses compagnons de beuverie qu'aux enfants qu'elle a mis au monde.

— J'aimerais être avec toi.

Je baisse le ton parce que je suis dans la maison principale et que je ne sais pas si quelqu'un m'espionne. Ça ne serait pas étonnant.

— Tu ne devrais pas passer Thanksgiving tout seul.
— Ça va aller, t'inquiète.

Sa fausse bravade me fend le cœur. Owen essaie tellement d'avoir l'air fort tout le temps. Je me demande si c'est aussi fatigant pour lui que pour moi.

— La mère de Wade m'a invité à passer la journée avec eux. Je pense que je vais les rejoindre dans une heure. Wade m'a dit qu'ils aimaient manger vers 15 heures. Putain, sa mère fait une tarte à la citrouille qui déchire sa race.
— Pas la peine de dire des gros mots.

Je suis soulagée. Il faudra que j'envoie une carte en remerciement, un cadeau ou ce que je peux à la mère de Wade en rentrant.

— Je suis contente que tu aies quelque part où aller.
— Moi aussi.

Il marque une pause avant de poursuivre d'une petite voix :

— Tu me manques.

La gorge nouée, je réponds :

— Toi aussi, tu me manques. Mais je serai là samedi soir, c'est promis. On fera quelque chose ensemble dimanche, d'accord ? On pourrait aller au ciné.

On n'y va jamais. C'est tellement cher, même la séance de la matinée. Mais je m'en fiche. On a besoin de se distraire un peu. La vie chez les Maguire est tellement morne qu'on aura tous les deux besoin de s'échapper à mon retour.

— Ça serait sympa. Je t'aime. Joyeux Thanksgiving.

—Moi aussi, je t'aime. Joyeux Thanksgiving, mon cœur.

Je presse un bouton de mon téléphone pour raccrocher et me retourne pour découvrir Adèle qui se tient à deux mètres de moi à peine, un de ses sourcils parfaits levé si haut que j'ai peur qu'il ne s'envole de son beau visage si méprisant.

—Eh bien. Tu ne manques pas d'air, à lui gazouiller au téléphone combien tu l'aimes et combien il te manque.

Je fais un pas vers elle puis recule, glacée jusqu'au sang, même si je ne sais pas exactement pourquoi. Je ne devrais pas avoir peur de cette femme, en dépit de son expression menaçante et de ses yeux froids et calculateurs. Elle n'a aucune importance.

Mais je ne veux pas faire de vagues. C'est Thanksgiving après tout. Entamer une dispute avec sa belle-mère serait blessant et humiliant pour Drew et je ne veux pas être ce genre de petite amie, fausse ou non.

Sans pouvoir m'en empêcher, je demande :

—Est-ce que ce n'est pas mal élevé d'épier les conversations des autres ?

Je suis furieuse qu'elle ait écouté, et encore plus furieuse qu'elle imagine que je parle à mon copain, mon amant ou ce qu'elle voudra. Je ne devrais pas avoir à me justifier. Ce ne sont pas ses oignons.

—Pas quand ces conversations ont lieu sous mon toit, dans mon bureau qui plus est. Et encore moins quand ce sont celles de la traînée qui se tape mon petit Andrew.

Le fiel de ses paroles me fait tressaillir, ainsi que l'aisance avec laquelle elle parle du fait qu'on couche ensemble et la manière dont elle l'appelle « mon petit Andrew » en prenant un ton possessif.

—Il ne vous appartient pas, dis-je dans un murmure. Il est à moi.

Mais je n'ai pas le cran de le dire.

Elle affiche un sourire acerbe.

—Tu te trompes. Tu n'es qu'une passade, une nouveauté. Il t'a amenée à la maison pour nous choquer en nous faisant croire qu'il a vraiment envie d'être avec quelqu'un comme toi, mais je connais la vérité.

Tout en balayant du regard l'énorme salle dans laquelle on se trouve, je cherche une sortie, mais le seul moyen que j'aie de quitter la pièce, c'est de passer devant elle et je n'en ai aucune envie. Elle le sait. Cette connasse m'a prise au piège.

—Est-ce que vous ne devriez pas être en train d'arroser la dinde ou quelque chose comme ça ?

Adèle éclate d'un rire cassant, dans lequel je ne perçois aucun amusement.

—Tu essaies de changer de sujet ? Ça ne marchera pas.

Elle croise les bras.

—Cette fête est un moment très difficile pour ma famille, tu sais. Ce samedi, on commémorera les deux ans de la mort de ma fille.

Ses paroles me causent un choc. Je suis paralysée. Je n'arrive pas à croire que Drew ne m'ait jamais dit qu'il avait une sœur morte. Peut-être que ses problèmes sont liés à sa mort ? Mais ça n'a pas de sens, pas d'après ce que j'ai vu.

—Je suis désolée, dis-je sincèrement.

La mort d'un membre de la famille est quelque chose d'horrible et je ne le souhaite à personne, même à cette mégère. J'ai été traumatisée quand j'ai perdu mes grands-parents. C'était le seul repère stable de ma vie quand j'étais petite, étant donné que je n'ai jamais pu compter sur ma mère, pas plus que maintenant.

—Vanessa aurait cinq ans, maintenant. Elle irait à la maternelle, dessinerait des dindes avec ses doigts sur un morceau de papier.

La voix et le regard d'Adèle se font distants. La tristesse qui émane de tout son être est palpable et j'ai de la peine pour elle malgré la manière horrible dont elle vient de me traiter.

—Elle était magnifique. Elle ressemblait tellement à son père.

La sœur de Drew est morte quand elle avait trois ans? Comment? Qu'est-ce qu'il s'est passé? Et juste avant Thanksgiving… Pas étonnant qu'il n'aime pas rentrer pour les fêtes. C'est probablement un souvenir pénible qu'il aimerait oublier. Et ils avaient une telle différence d'âge. Il devait avoir quoi? Seize ou dix-sept ans quand elle est née? Je me demande ce qui a pris si longtemps pour que son père et Adèle se décident à faire un enfant.

—Je suis sûre qu'elle devait être magnifique. Votre mari est un très bel homme.

Je ne sais pas quoi dire d'autre. Ma remarque est triviale et je la regrette immédiatement, surtout quand je vois le regard étrange qu'elle me lance.

—Mon mari…

La voix d'Adèle se brise et elle secoue la tête.

— Tu as raison. Andy est très beau. Andrew aussi.

Elle l'appelle toujours Andrew. Et la nuit dernière, quand je l'ai appelé ainsi, ça ne lui a pas plu, mais alors pas du tout. En fait, il a complètement pété un plomb.

Est-ce que c'est ça qui a déclenché sa crise ? Est-ce que c'est elle ?

— Le repas sera servi dans une demi-heure, déclare-t-elle d'un ton vif, toute trace de deuil ou de tristesse disparue. Après, je te suggère de retourner à l'annexe pour faire tes valises. J'appellerai un taxi pour qu'il te dépose à la gare routière ce soir.

J'en reste bouche bée. Elle n'est pas sérieuse !

— Eh oui, j'ai des projets, ma petite Fable. Des projets dans lesquels tu n'as pas ta place étant donné qu'il s'agit d'une affaire familiale. Tu es une intruse ici. Il vaut mieux que tu t'en ailles. J'en ai déjà parlé à Andrew et il partage entièrement mon avis.

Sans rien ajouter, elle fait volte-face sur ses talons aiguilles et sort de la pièce. Je me laisse choir dans une chaise trop rembourrée. Je ne tiens plus sur mes jambes.

Elle a parlé à Drew et il est d'accord pour que je parte ce soir ?! C'est complètement insensé. Je ne comprends pas ce qui se passe ; mon esprit est en proie à une profonde confusion après cette conversation avec Adèle.

Il a une sœur qui est morte quand elle avait trois ans. Que s'est-il passé ? Comment est-elle morte ? S'agissait-il d'une maladie ou d'un accident ? Je ne manque pas de tact au point de lui poser la question de but en blanc ; s'il ne m'en parle pas, le mystère restera entier.

Et, étant donné ce qu'il m'a dit jusqu'à présent, je ne me fais pas trop d'illusions.

Cela peut paraître stupide, mais je suis blessée que Drew ne m'ait jamais parlé de sa sœur. C'est un traumatisme majeur et il me l'a caché. Bien sûr, il me cache beaucoup de choses. Il a tellement de secrets que j'ai toujours l'impression de ne pas le connaître. Pas vraiment.

Plus tôt ce matin, il est sorti de la maison au moment où j'ai fini par quitter ma tanière, mais c'était ce que j'avais prévu. Je m'étais enfermée dans ma chambre et j'essayais désespérément de joindre ma mère qui n'a pas décroché… Rien d'étonnant jusque-là. Puis j'ai essayé de joindre Owen et je lui ai envoyé un texto, mais je me suis dit qu'il devait dormir. Et j'avais raison.

En fait, je n'ai pas encore vu Drew. Est-ce qu'il est en colère contre moi parce que je ne suis pas revenue me coucher dans son lit ? Probablement. C'est mieux comme ça. Quoi qu'il se passe entre nous, ce n'est pas réel. Pas vraiment.

Même si je rêve que ça le soit.

Drew

—Il y a un autre homme dans la vie de ta soi-disant petite amie.

Je me retourne en entendant la voix d'Adèle et me rends compte qu'elle m'a suivi dans le jardin qui est relié à l'arrière de la maison pour me parler. Et on est tout seuls.

Je suis mal à l'aise et je sens mes épaules se contracter. Je suis prêt à livrer bataille.

— De quoi tu parles ?

Adèle hausse les épaules, son visage semblable à un masque indéchiffrable.

— J'ai surpris une conversation téléphonique. Elle disait à son interlocuteur qu'il lui manquait, qu'elle aurait aimé passer Thanksgiving avec lui et l'a invité à aller au cinéma quand elle rentrerait.

Elle jubile de pouvoir m'annoncer cette mauvaise nouvelle et je fais de mon mieux pour ne rien laisser paraître de ce que je ressens. Je veux qu'elle croie que ses paroles vicieuses et mal intentionnées n'ont aucun effet sur moi.

Mais c'est faux. Fable s'est complètement fermée la nuit dernière après ce qu'il s'est passé entre nous. Les rôles se sont brusquement inversés et ça ne m'a pas plu. Elle n'est jamais revenue dans mon lit. Elle m'a masturbé et m'a laissé là, l'adrénaline fusant toujours dans les veines, avec l'envie d'explorer son corps aussi minutieusement qu'elle avait exploré le mien.

Au lieu de cela, elle m'a planté là. J'ai fini par m'endormir quand je me suis rendu compte qu'elle ne reviendrait pas. Je ne l'ai toujours pas croisée et je ne lui ai pas encore parlé ce matin.

C'est comme si elle m'évitait.

En ouvrant la porte pour regagner la maison, je marmonne :

— Fable n'a personne d'autre dans sa vie. Il n'y a que moi.

Adèle fait un pas de côté et m'attrape par le bras avant que je ne puisse m'enfuir, ses ongles plantés dans ma peau.

— Tu n'en sais rien, imbécile. Je suis sûre que cette traînée écarte les jambes sur commande.

Je suis sur le point de gifler Adèle, tellement je suis en colère.

Les dents serrées, je rétorque :

— Ne parle jamais d'elle de cette façon. Jamais.

— Je l'ai entendue. Elle l'a appelé « mon cœur ». Elle lui a dit qu'elle l'aimait avant de raccrocher. Il faut voir les choses en face, Andrew. Elle te trompe avec quelqu'un d'autre.

Adèle fronce les sourcils à mon adresse en battant des cils.

— Qu'est-ce qui ne va pas ? Est-ce que tu ne la satisfais pas ? Je sais que tu aimes garder le contrôle sur tes pulsions animales autant que possible, mais, parfois, les filles préfèrent qu'un homme se lâche.

— Va te faire voir. Fous-moi la paix et arrête de raconter des saloperies sur ma copine.

Je me dégage de son étreinte et la bouscule pour entrer rapidement dans la maison. Il faut que je trouve Fable. J'ai besoin de savoir une fois pour toutes qu'elle ne parlait pas avec un autre type alors qu'elle est avec moi ici.

Je sais que je n'ai aucun droit à l'exclusivité, mais elle pourrait au moins passer ses coups de fil à l'abri des oreilles indiscrètes. Je ne déconne pas. Elle me fait passer pour un abruti et donne à Adèle beaucoup trop de munitions.

Et l'idée que Fable puisse vraiment être avec quelqu'un d'autre alors qu'elle passe du temps ici avec moi ? Merde ! Je ne le supporte pas.

Mon sang se met à bouillir dans mes veines et la jalousie me submerge si rapidement que je me transforme en connard intégral. Je traverse la maison, ignorant mon père qui m'appelle, Adèle qui entre enfin et tente encore de m'approcher. Je ne trouve Fable nulle part à l'intérieur et, quand je l'aperçois enfin, debout dans le jardin en train de fumer une cigarette, je vois rouge.

J'ai soudain envie d'assommer quelqu'un.

J'ouvre la porte d'entrée, sors de la maison et me dirige droit vers elle. Nos regards se rencontrent et je décèle la peur, la méfiance et… une colère égale à la mienne dans ses yeux. Elle tire une longue bouffée sur sa cigarette et souffle la fumée dans mon visage quand je m'arrête devant elle, ce qui me rend furieux. Furieux contre elle. Contre Adèle. Contre mon père.

Je m'en veux aussi d'avoir pensé que je pouvais avoir une histoire avec cette fille qui se fout éperdument de moi.

—Tu es avec quelqu'un d'autre, rétorqué-je, sans me soucier de me contrôler.

Elle pince les lèvres tandis que sa cigarette se balance entre ses doigts.

—Je vois que tu as parlé à ta belle-mère.

—Dis-moi ce qui se passe.

—En quoi ça te regarde ?

Elle laisse tomber sa cigarette dans l'herbe et l'écrase avec le talon de sa botte pour l'éteindre, creusant un trou dans la pelouse impeccable de mes parents. Mon père va péter un câble en voyant ça.

—Je t'ai donné un sacré paquet pour que tu joues le rôle de ma petite amie cette semaine. Je crois que ça me regarde.

Je l'attrape par le bras et regarde droit dans le vert de ses yeux. Je veux voir si elle me ment, si tout ce qu'on a partagé hier n'était qu'un monceau de conneries sans importance à ses yeux.

Ça fait mal. Plus que je veux bien l'admettre.

—Alors nous y revoilà. Toutes ces belles paroles et le romantisme d'hier se sont évaporés dès que tu as pris ton pied. Et maintenant, on est de retour à la case départ et à cette histoire de petite amie à gages.

Elle est en colère. Mais je le suis encore plus.

—Dis-moi la vérité. Est-ce qu'il y a quelqu'un d'autre ?

Elle réplique du tac au tac :

—Seulement si tu me racontes comment ta sœur est morte.

La surprise me coupe le souffle. Je lâche son bras et recule de quelques pas. Merde ! Je ne m'attendais pas à ça. Je pensais que j'avais encore un peu de temps avant de lui avouer pour Vanessa.

—Il n'y a rien à dire, dis-je dans un murmure.

Je ne veux pas entrer dans les détails et je ne tiens pas compte de la culpabilité qui m'étreint la poitrine.

— Ouais, tu as juste oublié de mentionner que tu avais une petite sœur de trois ans qui est morte il y a presque deux ans jour pour jour. Je veux dire, pas étonnant que tu n'aies pas envie de revenir ici, Drew. Moi non plus, je n'en aurais pas envie. Je suis sûre que cette maison est pleine à craquer de souvenirs horribles que tu ne veux pas revivre.

— Tu as raison.

Elle essaie de changer de sujet et ça me rend encore plus furieux. On ne va pas parler de ma sœur une seconde de plus.

— C'est qui, ce type, Fable?

Elle secoue la tête.

— Personne.

— Qui… est… ce type?

Je m'arrête sur chaque mot. Ces conneries m'épuisent.

— Pourquoi? Tu es jaloux?

Je rugis sans pouvoir empêcher les mots de sortir de ma bouche:

— Bien sûr que suis jaloux, putain! Après tout ce qu'on a partagé et en particulier après ce qu'il s'est passé hier, je n'en reviens pas que tu me demandes si je suis jaloux. Bien sûr que je le suis. Ce n'est pas un jeu pour moi, Fable. C'est ma vie. Et je veux que tu en fasses partie. Mais si tu préfères coucher à droite à gauche avec d'autres types, je ne le supporterai pas. Je te veux pour moi seul. Je ne veux te partager avec personne.

Quand j'ai terminé ma tirade, j'ai le souffle court et je n'arrive pas à croire que je viens de lui dire tout ça. Elle me regarde comme si j'étais fou, et c'est peut-être le cas, mais je n'arrive plus à le lui cacher. Pour je ne sais quelle raison, elle me donne envie de tout lui avouer.

Tout. Le pire et le meilleur.

—Toi et moi, on joue la comédie, réplique-t-elle dans un murmure.

Elle a les yeux brouillés de larmes et j'en vois une rouler sur sa joue. Je voudrais l'arrêter avec mon pouce, l'embrasser pour la faire disparaître, mais je ne bouge pas. Je ne peux pas, pas après ce qu'elle vient de dire.

—Ce n'est pas réel. Tu te laisses griser par quelque chose qui n'existe pas.

—Ce n'est pas vrai…, dis-je.

Elle m'interrompt en posant ses doigts sur mes lèvres avant de laisser retomber sa main.

—Si, c'est vrai. Tu n'as aucune envie d'être avec moi, enfin pas vraiment. Je ne suis pas celle que tu crois et tu n'es définitivement pas celui que j'imagine non plus. Il y a trop de secrets et de problèmes entre nous. Je pense que notre vie serait une succession de désastres si on essayait vraiment de se mettre ensemble. Et ça n'arrivera jamais, tu le sais.

Je n'arrive pas à répliquer. Je sais qu'elle a raison, peu importe à quel point j'aimerais qu'elle ait tort. Je suis en train de m'emballer pour quelque chose qui n'existe pas, quelque chose qui me brise le cœur.

—Plus que deux jours, Drew.

Elle s'interrompt et se mord la lèvre inférieure.

—À moins que tu ne veuilles que je parte ce soir, comme a dit Adèle. Elle a prévu quelque chose pour l'anniversaire de la mort de ta sœur. Et je ne suis manifestement pas la bienvenue.

— Je ne veux pas que tu partes. J'aimerais que tu m'accordes ces deux jours.

— OK.

Elle hoche la tête une fois, les lèvres pincées et les yeux implorants.

Elle a envie de dire quelque chose, je le vois, mais Adèle ouvre la porte d'entrée et, sur un ton enjoué, elle annonce que le repas est servi. C'est tellement surjoué que je lui lance un regard dur par-dessus mon épaule, ce qui la pousse à me claquer la porte à la figure.

— On devrait rentrer, dit Fable en croisant les bras sur son ventre tandis qu'elle se dirige vers la porte.

Je la suis et ce n'est que plus tard que je m'aperçois qu'elle ne m'a jamais dit s'il y avait quelqu'un d'autre.

Chapitre 12

Jour 6 – Vendredi noir – 8 heures

« Ce qui se trouve devant nous et ce qui se trouve derrière nous importe peu comparé à ce qui se trouve en nous. » Ralph Waldo Emerson

Drew

Le repas de Thanksgiving d'hier a été un fiasco, même si je ne m'attendais pas à ce qu'il en soit autrement. Mon père avait invité quelques collègues de travail et, pendant qu'ils parlaient de Wall Street et de la conjoncture économique à un bout de la table, à l'autre bout, on n'a presque pas échangé un mot. Fable était assise en face de moi en silence, avec sur le visage un air buté tandis qu'elle plantait sa fourchette dans la nourriture disposée dans son assiette commandée chez un traiteur.

Adèle ne fait pas la cuisine et elle n'allait pas préparer le repas de Thanksgiving. Je ne sais pas si j'ai déjà mangé une dinde maison depuis la dernière fois qu'on a passé les vacances chez mes grands-parents à New York, il y a des années.

Le climat d'hostilité était à son comble. Adèle a fait de son mieux pour discuter avec moi, mais j'ai refusé de lui répondre. Le taxi est venu chercher Fable, comme promis, plus tard dans la soirée, et j'ai fourré deux billets de vingt dollars dans la main du chauffeur en guise de remerciements pour s'être déplacé jusqu'ici.

Fable ne m'a pas adressé un mot. Dès qu'elle a pu s'enfuir, elle s'est dirigée vers l'annexe sans dire au revoir à personne et s'est enfermée dans sa chambre. Elle n'en est pas ressortie de toute la soirée.

J'ai donc fait la même chose, furieux contre moi-même de l'avoir laissée me toucher. Je n'ai pas beaucoup dormi. Je n'avais pas beaucoup dormi la nuit précédente non plus et, à présent, je rôde devant la porte fermée de la chambre de Fable, hésitant à entrer et à la forcer à me parler.

Ça ne me ressemble pas. Je ne recherche pas la confrontation, d'habitude. Je déteste être mis face à mes émotions. Mais merde ! Après la dispute d'hier, j'ai les nerfs à vif et je suis blessé. Je me fais l'effet d'une mauviette à penser comme ça, mais je croyais qu'on partageait quelque chose d'unique.

Apparemment, j'avais tort.

Mais c'est ce moment que mon obstination a choisi pour se mêler de ma vie personnelle. Je ne veux pas avoir tort. Je ne crois pas avoir tort. Pour je ne sais quelle raison, elle a peur et elle me fuit. Je ne peux pas lui en vouloir. Je fais la même chose, tous les jours. Le seul moment où j'ai l'impression de maîtriser ma vie, c'est sur un terrain de football. Avoir été enfermé avec elle ces derniers jours m'a donné envie d'y retourner. De me sortir toutes ces conneries de la tête et de me concentrer sur le jeu.

De redevenir un robot insensible et d'oublier le reste.

Énervé contre moi-même, je frappe et tourne la poignée, surpris de trouver la porte ouverte. Je ne lui laisse pas une seconde. Je traverse la pièce obscure et m'arrête au pied de son lit où je la trouve profondément endormie au milieu du matelas.

Ses cheveux blonds bouclés sont étalés sur l'oreiller et elle a un visage détendu dans son sommeil. Ses lèvres sont entrouvertes et le duvet ne la recouvre que jusqu'à la taille. Elle porte un débardeur bleu clair trop petit pour elle et pas de soutien-gorge. Ses mamelons sont clairement visibles à travers le tissu.

Je suis captivé par son haut et ses mamelons ; j'en ai l'eau à la bouche. Il fait un froid de canard dans sa chambre et je m'approche d'elle, saisis le bout du duvet pour la recouvrir. Mes phalanges effleurent sa poitrine. Je l'ai fait exprès, inutile de prétendre le contraire. Ses yeux s'ouvrent immédiatement à mon contact. Elle se redresse si rapidement qu'elle manque de se cogner le front contre ma mâchoire. Je fais un pas en arrière rapide pour éviter un choc violent.

— Qu'est-ce que tu fais ?

Elle tire la couverture jusqu'à son menton, recouvrant sa peau exposée, et je sens la déception m'étreindre.

— Tu entres en douce dans ma chambre ?

— Je voulais m'assurer que tu allais bien.

C'est nul, comme réponse, mais je n'ai rien trouvé de mieux.

— Quelle heure est-il ?

Elle se penche pour attraper son téléphone sur la table de nuit et regarde l'horloge en poussant un grognement exagéré.

— Qu'est-ce qui te fait penser que quelque chose ne va pas d'aussi bon matin ?

— Tu es restée enfermée ici plus de douze heures. Pour ce que j'en sais, tu pourrais être inconsciente. Comment est-ce que j'étais censé savoir ?

Sa réaction m'a mis sur la défensive et l'hostilité a fini par reprendre le dessus. Je déteste ça.

Je veux retrouver la nouvelle Fable. Je veux retrouver le nouveau nous.

Il n'y a jamais eu de nous, imbécile.

La bouche serrée, je m'assieds sur le bord du lit, triste de la voir s'éloigner de moi comme si elle avait besoin d'espace. Une idée me trotte dans la cervelle depuis trois heures du matin et j'espère que ça permettra de réparer les dégâts causés à notre tentative de relation. Si elle n'est pas d'accord…

Je ne sais pas quoi faire d'autre.

— Tout va bien, me rétorque-t-elle en reposant son téléphone, le regard baissé sur ses genoux repliés devant elle. Tu peux t'en aller, maintenant.

— Je voulais te demander de m'accompagner quelque part.

Elle fait un mouvement de la tête d'un air désintéressé.

— Je ne pense pas que passer du temps ensemble soit une bonne idée, Drew. Je sais qu'on est censé faire semblant d'être ensemble, mais la semaine est presque terminée et je ne crois pas qu'il y ait besoin de jouer une comédie digne d'un opéra italien.

Mais qu'est-ce que je lui ai fait, merde ?

Je n'en ai pas la moindre idée et elle ne va pas me le dire sauf si je la pousse.

— Je voulais que tu m'accompagnes au cimetière. Il faut que j'aille me recueillir sur la tombe de ma sœur.

Son regard rencontre enfin le mien, ses yeux verts pleins d'une douloureuse compassion. Tout ça pour moi.

— Je ne sais pas si je devrais...

— Je veux que tu viennes avec moi.

J'attrape sa main et la serre dans la mienne. Ses doigts sont gelés et elle essaie de retirer sa main, mais mon étreinte se fait plus ferme.

— J'ai besoin que tu viennes avec moi, Fable.

— Je pensais qu'Adèle avait prévu quelque chose pour ta famille seulement.

Elle relève le menton d'un air de défi. Elle a l'air vulnérable, magnifique.

Tellement magnifique que je suis tenté de la serrer dans mes bras et de ne jamais la lâcher. Mais je ne bouge pas.

— Je n'y vais pas avec eux.

Ce serait mon pire cauchemar : Adèle en pleurs, dévastée par le chagrin. Et je devrais me tenir à ses côtés, plein de sympathie, et la prendre dans mes bras.

Je peux à peine supporter qu'elle me touche, alors la laisser faire...

Fable est silencieuse. Je m'aperçois qu'elle est en train de réfléchir à ma demande, ce qui me remplit de soulagement. Je ne veux pas m'y rendre seul et pas non plus avec mes parents, mais il faut que j'aille rendre hommage à ma petite sœur. Je suis si triste à l'idée d'y aller seul que je risque de m'effondrer complètement une fois ma voiture garée sur le parking du cimetière. Je serai incapable d'entrer et il le faut.

Avec Fable à mes côtés, je trouverai la force dont j'ai besoin pour me recueillir sur la tombe de ma sœur, lui demander pardon devant sa pierre tombale de ne pas m'être occupé d'elle et prier que Fable ne me haïsse pas pour ce que j'ai fait quand je lui raconterai la vérité.

Avec un peu de chance, son acceptation m'aidera peut-être à apaiser la haine que je ressens envers moi-même.

— Je viens avec toi, dit-elle à voix basse, évitant mon regard. Quand est-ce que tu veux y aller ?

— Il faut que je prenne une douche. Je suis sûr que toi aussi.

Elle acquiesce et je poursuis :

— Dans deux heures, alors ? À 10 heures ?

—Ça me va.

Elle hoche de nouveau la tête et relâche lentement ma main, ses doigts glissant le long des miens. Je suis pris de frissons et, quand je lève les yeux vers elle, elle me regarde, bouche bée, les yeux grands ouverts. Elle est tellement belle, ébouriffée et encore endormie, que j'ai mal à force de la regarder.

—Merci, dis-je dans un murmure. Merci d'accepter de m'accompagner.

—Merci de me faire confiance.

Elle passe la langue sur ses lèvres, laissant une traînée humide, et j'ai tellement envie de l'embrasser que c'en est presque douloureux.

—C'est pour ça que j'étais tellement en colère. Après ce qui est arrivé hier, ce dont vous m'avez accusée, Adèle et toi, j'avais l'impression que tu ne me faisais pas confiance. Et j'ai toujours été honnête avec toi.

Elle a raison. Je le sais. Ma réaction était disproportionnée. Adèle a touché un point sensible et je me suis laissé avoir. C'est tellement stupide.

—Je n'aurais jamais dû écouter Adèle.

Je prends une grande inspiration et je le dis enfin :

—Je suis désolé.

Un petit sourire se dessine sur ses lèvres et mon cœur se met à palpiter.

—Je ne t'en veux pas. Et pour ton information, tu veux savoir à qui je parlais hier ?

À présent, mon cœur bat la chamade.

— Oui.

— C'était Owen, mon frère.

Je me sens encore plus stupide. Bien sûr qu'elle parlait à son frère. Elle est tout le temps en train de s'inquiéter pour lui.

— Je ne devrais pas écouter Adèle.

— Non, en effet.

— Je passe vraiment pour un abruti.

— Hier, tu t'es comporté comme un abruti.

Je suis sur le point de dire quelque chose, mais elle ajoute rapidement :

— Pour être honnête, ta colère m'a fait plaisir. Ça veut dire que tu ressens quelque chose.

Je me tais. Elle a raison. Je ne me souviens pas de la dernière fois où je me suis laissé aller comme ça. Est-ce que je me suis déjà lâché à ce point ? Je bouillais et je n'arrivais plus à me contenir.

— Je vais prendre une douche.

Elle me fait un geste du menton.

— Tu devrais sortir. Je ne veux pas que tu me voies. Mon débardeur est presque transparent.

Je lui rappelle à voix basse :

— Fable, je suis désolé de te l'apprendre, mais je t'ai déjà vue nue.

Maintenant, c'est elle qui se tait et, avec un grand sourire, je me lève et me dirige vers la porte.

Je lance par-dessus mon épaule :

— Et c'était assez agréable à regarder !

Le bruit léger de son rire me suit pendant que je traverse le couloir.

Fable

Dehors, il fait froid et le temps est maussade. Le ciel est couvert de nuages sombres de mauvais augure et le vent souffle sans relâche. Je me blottis dans ma veste en suivant Drew pendant qu'on avance dans le cimetière. Il me guide sur une allée venteuse au milieu des tombes et j'essaie de ne pas les regarder, mais je n'arrive pas à résister à la tentation. Certaines sont magnifiques, avec de véritables photos, des messages déchirants et même des statues.

Et des fleurs. Des fleurs partout, vraies et fausses, brillantes et gaies, sombres et maussades. Certaines sont même parées des couleurs des fêtes. Je vois des restes de rubans d'Halloween, aux teintes flamboyantes : rouille, orange et jaune foncé.

La vue de toutes ces couleurs et des bancs que les gens ont posés pour passer un moment avec leurs êtres chers me remonte le moral. La mort est une chose terrible, mais elle fait aussi partie de la vie. Je n'aime pas penser à notre condition de mortels.

C'est plus facile de faire comme si on allait vivre éternellement.

—C'est ici.

La voix profonde et sombre de Drew me pousse à lever les yeux, et je vois qu'il s'est arrêté juste devant une petite pierre tombale posée à même le sol.

Je m'approche lentement et m'arrête à côté de lui. Mon regard se pose sur les mots gravés dans la pierre :

Vanessa Adèle Callahan
30 septembre 2007-27 novembre 2010
Tu seras toujours dans nos cœurs…

Une petite photographie de Vanessa est accrochée dans le coin supérieur droit. Ses cheveux sont noirs, comme ceux de Drew. Un grand sourire illumine son visage et ses yeux bleus pétillent.

Elle a l'air adorable.

Je jette un coup d'œil à Drew et je le vois, les yeux rivés sur la photo, les mains dans les poches de sa veste et l'air sombre. J'aimerais le réconforter, le prendre dans mes bras et lui dire que ça va aller, mais je sens que ce n'est pas mon rôle.

De plus, il a besoin de ça. Il me l'a dit en venant. Il voulait passer quelques instants à ne rien faire d'autre que regarder sa tombe en pensant à elle. À lui parler en pensées.

J'ai acquiescé parce que ce n'est pas à moi de porter un jugement sur sa manière de faire son deuil. On a tous nos manies. Personnellement, je ne voudrais pas venir ici, surtout sachant que sa sœur est morte si jeune.

Je sens la curiosité me gagner de nouveau et j'essaie de l'ignorer. J'ai vraiment envie de savoir comment elle est morte. Je ne sais pas pourquoi ça me tracasse autant, mais tout le monde est tellement secret sur tout, dans cette famille. C'est un détail important et je veux savoir.

Il faut que je sache.

Drew laisse échapper un gros soupir et je n'y tiens plus. M'approchant de lui, je prends son bras et le serre, pour lui faire savoir que je suis là pour lui s'il a besoin de quoi que ce soit. Il m'attire vers lui et passe son bras autour de mes épaules et soudain je me retrouve dans ses bras. Le visage enfoui dans mes cheveux, il me serre si fort que j'ai du mal à respirer.

Mais je le laisse faire. Il a besoin de réconfort. Moi aussi.

Dans mes cheveux, je l'entends murmurer :

— C'est ma faute. Je la surveillais devant la maison pendant que mon père était au téléphone. Et puis… et puis je suis parti.

Je sens un frisson descendre le long de mon dos et j'essaie de rester détendue pour qu'il ne s'aperçoive pas que ce qu'il vient de dire me perturbe. Je veux qu'il s'ouvre, surtout pas qu'il se renferme sur lui-même.

— C'était un accident.

Je n'en ai pas la moindre idée puisque personne ne m'a rien raconté, mais ça me semble la chose à dire.

— Ce n'est la faute de personne.

— Non.

Il m'écarte de lui et ses yeux bleus s'embrasent quand il se penche pour me regarder. Son corps vibre sous le coup de l'émotion et il se passe une main tremblante dans les cheveux.

— Est-ce qu'Adèle t'a raconté ce qui s'était passé ? Est-ce qu'elle te l'a dit ?
— Je, euh... non.
Je secoue la tête et je sursaute quand il m'attrape par les épaules et me donne une brève secousse.
— Elle ne m'a rien dit. Seulement qu'elle était morte.
Il me repousse, jurant dans sa barbe, et je trébuche, surprise qu'il me traite de cette façon. Il s'éloigne d'un pas rapide, la tête basse, et je le suis, troublée et énervée, regrettant soudain de l'avoir accompagné dans cet endroit déprimant.
Me débattant contre le vent et le froid, énervée de voir que ses longues jambes lui donnent un tel avantage, je crie :
— Où est-ce que tu vas ?
— J'ai besoin d'être seul.
— C'est une plaisanterie, j'espère, murmuré-je.
Puis j'élève la voix :
— Tu ne peux pas fuir éternellement.
Il se retourne pour me faire face, son visage déformé par des émotions contradictoires, comme s'il était quelqu'un d'autre.
— Tu ne me connais pas. Je ne fuis pas la merde. Je vis dedans chaque putain de jour de ma vie !
Je suis abasourdie par cette sortie et cette manifestation de sentiments. Même s'il se débarrasse de toute cette colère et de tout ce trouble sur moi, ça lui fait du bien, non ?
— Tu n'es pas obligé d'y faire face tout seul, tu sais. Tu as le droit de parler d'elle.

— Je suis triste et je me sens coupable. C'est ma faute si ma petite sœur est tombée dans la piscine et s'est noyée. J'étais censé rester dehors et la surveiller, mais je... je ne l'ai pas fait. Je pensais que le portail de la clôture était fermé.

Il se prend la tête à deux mains et se tire les cheveux, le regard vide.

— C'est ma faute, et c'est sa faute à elle aussi.
— Sa faute ? Tu parles de Vanessa ?

Ce n'était qu'un bébé ! Comment est-ce qu'il peut dire ça ?

— Non, putain. Bien sûr que non. Sa faute à elle. Merde !

Sa voix se brise et je m'aperçois que son visage est baigné de larmes. Le voir si bouleversé me fait mal au cœur, mais j'ai peur de m'approcher de lui. J'ai peur qu'il ne me repousse et je ne supporte pas l'idée de le laisser souffrir seul, de le laisser penser que tout est sa faute et celle de je ne sais qui.

Je suis complètement perdue. Et, honnêtement...

J'ai peur de poser la question.

Décidant d'être courageuse et de faire face à la situation, je le mets au pied du mur.

— Raconte-moi ce qu'il s'est passé. Comment est-ce que ta sœur est morte ?

Drew s'essuie le visage frénétiquement, effaçant les larmes tandis qu'on retourne vers la tombe de Vanessa. Je lui laisse un moment et je m'assieds sur un banc non loin de là. Les branches de l'arbre qui me surplombe sont secouées par le vent et je grelotte dans ma veste trop fine en le regardant s'avancer droit vers moi.

— J'étais dehors avec mon père et je profitais du soleil. Ce Thanksgiving était plus chaud que d'habitude et j'étais content de ma première année dans l'équipe.

Sa voix se brise et il a l'air perdu dans ses pensées.

— Adèle s'était absentée presque toute la journée, occupée à faire les courses de Noël. Elle a demandé à mon père de garder Vanessa et on jouait ensemble. Elle courait le long du patio, sans s'arrêter de rire. Elle a mis un moment à s'habituer à moi, tu comprends ? Je n'étais pas souvent à la maison, mais j'arrivais toujours à la dérider.

Je ne dis rien et je le laisse prendre son temps pour raconter cette histoire. Il faut que ça sorte, peu importe à quel point c'est douloureux pour lui de revivre cette journée. J'aimerais le réconforter et lui dire qu'on en parlera plus tard, mais quand ?

— Mon père a reçu un coup de fil. Il travaillait sur une grosse fusion depuis des mois et il a dû prendre l'appel. Il m'a demandé de garder un œil sur Vanessa, de ne jamais la perdre de vue et, bien sûr, j'ai dit oui.

Il laisse échapper un profond soupir et ferme les yeux.

— On jouait à cache-cache et on riait. Je la taquinais. Je savais que mon père n'était pas loin. Je l'entendais discuter au téléphone. Soudain, Adèle est apparue à la porte et elle m'a demandé... elle m'a demandé de l'accompagner à l'intérieur. Je lui ai dit que je ne pouvais pas, que je devais surveiller Vanessa et elle m'a convaincu que Vanessa se débrouillerait très bien toute seule. Mon père était juste à côté. C'est vrai, je le jure. Alors je suis rentré... et Vanessa est entrée dans la zone clôturée qui entourait la piscine et elle est tombée. Mon père était de l'autre côté de la maison, mais je ne m'en étais pas aperçu. Il ne s'est pas rendu compte que j'avais laissé Vanessa toute seule. Je pensais qu'elle était avec lui et lui pensait qu'elle était avec moi...

Il s'effondre et tombe à genoux sur le sol devant la tombe de sa sœur, les épaules voûtées au-dessus de la pierre tombale, comme s'il priait.

— Je suis désolé. J'ai merdé, putain !

Je m'approche de lui. Je me mets à genoux et l'entoure de mes bras comme je peux. Il se tourne, passe ses bras autour de mon cou et enfouit son visage dans ma poitrine. Je sens ses larmes mouiller ma peau et lui caresse la tête. Mes doigts s'emmêlent dans ses cheveux tandis que je fais de mon mieux pour le calmer.

On est restés assis comme ça de longues minutes, en silence. Son corps tremblait d'émotion tandis qu'il pleurait doucement contre moi. Je l'ai laissé faire. J'ai senti les larmes et la tristesse monter en moi et j'ai pleuré avec lui. Des larmes silencieuses qui m'ont purifiée et m'ont connectée à Drew tandis que je ressentais sa souffrance et sa douleur immenses.

Mais je sais que ce n'est pas tout ce qui le hante. Je sens qu'il y a autre chose, bien d'autres choses, et qu'il se garde bien de les formuler parce qu'il a peur que je panique. Ou, pire encore, que je pense du mal de lui.

Ça a un rapport avec Adèle. Et je crois que je sais ce que c'est.

Mais je ne suis pas encore prête à y faire face.

Chapitre 13

Jour 6 – Vendredi noir – 23 heures

« Ce sont ceux qui vous connaissent le mieux qui peuvent vous faire le plus de mal. »
Drew Callahan

Drew

J'ai désespérément envie de me perdre en elle pour oublier.

Après le cimetière, on a déjeuné sur le pouce et on est rentrés à la maison. On n'a pas beaucoup parlé. Je n'aurais pas pu tenir une conversation, même si j'avais essayé. Je suis épuisé, émotionnellement et physiquement, et elle le sait. Fable n'insiste pas. Elle ne me demande pas d'explications sauf si elle estime que c'est nécessaire.

Comme lorsqu'elle m'a demandé ce qui était arrivé à Vanessa. C'est difficile à croire, mais ça m'a fait du bien de me libérer de ce poids. Je n'avais jamais parlé de la mort de ma sœur à personne. Pas même à mes parents. À personne. J'avais gardé ça en moi pendant deux ans et, une fois que je me suis mis à parler, c'est comme si un barrage s'était rompu en moi.

J'ai pleuré. Pleuré la perte de ma sœur. J'ai raconté mon histoire et j'ai été reconnaissant qu'elle ne sourcille pas, qu'elle ne me condamne pas, qu'elle ne me juge pas. Elle m'a simplement pris dans ses bras et laissé pleurer, comme un gros bébé.

Merde. Je refuse de me malmener simplement parce que j'éprouve des émotions. J'ai perdu ma petite sœur alors qu'elle était sous ma responsabilité. J'ai tous les droits de pleurer et d'être en colère si j'en ai envie.

On a dormi le reste de l'après-midi. Ensemble. Blottis l'un contre l'autre au milieu de mon lit, enlacés, une couverture tirée sur nous. Tout l'après-midi et la majeure partie de la soirée, on est restés dans cette position et je savais qu'on en avait besoin. Aucun de nous n'avait beaucoup dormi pendant cette semaine à Carmel.

On part demain, le jour fixé par ma famille comme le jour anniversaire de la mort de ma sœur. Je suis content de m'en aller, mais je ne suis pas sûr de ce que la vie nous réserve, à Fable et à moi, quand on sera rentrés.

J'ai peur de ce que je pourrais faire, de ce qu'elle pourrait faire, de ce qu'on pourrait faire pour tout gâcher.

Mon portable émet un bip et je sais qui m'a envoyé un message sans même le consulter. Mon père ou Adèle, précisément les personnes auxquelles je n'ai aucune envie de parler. Je m'écarte et me redresse pour attraper mon téléphone. La lampe de la commode de l'autre côté de la pièce est encore allumée et projette une lumière tamisée. En regardant mon portable, je vois que c'est bien mon père qui m'a envoyé un texto et, alors que je m'apprête à l'ouvrir, la sonnerie retentit. C'est encore lui.

Me sentant coupable, je dis aussitôt :

— Désolé de ne pas avoir rappelé.

Ce moment est difficile pour lui aussi et je ne devrais pas le tenir à distance, même si ça me facilite la vie.

— Ne t'avise pas de me raccrocher au nez.

Merde, c'est Adèle.

— Qu'est-ce que tu veux ?

Je parle à voix basse, en essayant de ne pas déranger Fable dans son sommeil, mais elle s'agite sous la couverture et me tourne le dos.

Je ne sais pas si elle est réveillée ou non, mais je n'ai pas l'intention de dire quoi que ce soit à Adèle que Fable pourrait interpréter plus tard. C'est déjà assez dur de lui avoir avoué pour Vanessa, aujourd'hui. Je ne vais pas en rajouter.

— Tu viens avec nous demain, n'est-ce pas ? Sur la tombe de Vanessa ?

— J'y suis déjà allé aujourd'hui.

Un silence de mort me répond et je ne dis pas un mot. Ce ne sera pas moi qui le briserai. Je suis fatigué de me plier aux quatre volontés de cette femme. Ça n'a déjà que trop duré.

— Tu y es allé avec elle ?

— Oui.

Elle laisse échapper un sifflement malveillant.

— Comment est-ce que tu oses l'amener sur la tombe de ma petite fille ?

— C'est ma sœur aussi, merde. Je peux amener ma petite amie sur sa tombe.

— Ce n'est pas ta… Ce n'est pas vrai !

Adèle a l'air de s'étrangler de colère.

— Tu viens avec nous demain. J'ai besoin que tu sois là !

— Demain, on s'en va. Je ne peux pas. C'est pour ça que j'y suis allé aujourd'hui.

Ce n'est pas tout à fait vrai, mais cette explication se tient.

— Ton père va être déçu.

Elle baisse la voix, à tel point que j'ai l'impression qu'elle essaie de me charmer.

— Tu ne veux pas le décevoir, n'est-ce pas ? Tu as toujours été un bon garçon, Andrew. Tu fais toujours tout ce que je te dis. Tout ce que je te demande.

Je sens un frisson parcourir mon corps à son ton. Je ferme les yeux, prends une profonde inspiration et prie pour tenir bon. Pour une fois. Depuis que je suis revenu, je suis tiraillé pas beaucoup trop d'émotions. Je savais que ça se passerait mal, mais je ne m'attendais pas à tout ça.

— Je n'y vais pas avec vous, Adèle. Il est temps de rompre les liens une bonne fois pour toutes.

Je lui raccroche au nez avant qu'elle n'ait le temps d'ajouter autre chose.

Je regarde Fable et je m'aperçois qu'elle s'est encore retournée et qu'elle me fait face de nouveau, ses yeux d'un vert intense guettant le moindre de mes mouvements. Ma gorge se noue. Je me demande ce qu'elle a entendu.

Elle demande doucement :

— Elle t'en fait baver ?

Je hoche la tête sans un mot.

En se dégageant de la couverture, elle se met à genoux et s'approche de moi. Elle pose ses mains sur mes épaules et colle son visage contre le mien. Les paupières baissées, elle regarde ma bouche. Je vois sa poitrine se soulever et s'abaisser rapidement. Je sens la chaleur réconfortante de ses mains. Cette fille, elle…

Elle me rend heureux.

J'aimerais le lui dire, mais je ne sais pas comment le formuler.

— Merci pour tout ce que tu as fait aujourd'hui, me dit-elle, me prenant au dépourvu.

Je fronce les sourcils et tends la main pour remettre une mèche de cheveux soyeux derrière son oreille.

— C'est moi qui devrais te remercier pour tout ce que tu as fait pour moi.

— C'est vrai.

Un sourire timide se forme sur ses lèvres.

— Mais je voulais te remercier d'avoir été aussi honnête. De m'avoir raconté la mort de ta sœur et d'avoir partagé cette partie de ta vie avec moi. Je sais que ça n'a pas été facile.

Mes doigts s'attardent sur la peau douce de sa joue et je la caresse de mon pouce.

—Merci d'être là pour moi. De m'écouter.

Et de m'avoir tenu dans tes bras et laissé pleurer.

Elle s'installe à califourchon sur moi. Je la prends dans mes bras, posant mes mains sur ses fesses parfaites pour l'attirer plus près. C'est tellement agréable de la tenir comme ça, serrée contre moi, si proche qu'on ne pourrait pas glisser une feuille de papier entre nous.

—Drew, me dit-elle de sa voix douce tandis qu'elle se penche et dépose un tendre baiser sur mes lèvres. C'est notre dernière nuit ici. Ensemble.

À cette idée, tout mon corps me fait mal. C'est la fin. On va retourner à nos vies respectives demain soir. J'ai hâte que cette semaine de torture se termine. Pourtant, le fait d'avoir à renoncer à la présence de Fable à mes côtés m'est insupportable...

Ça me fait plus mal que je ne veux bien l'admettre.

Faisant glisser une main le long de son dos sous son sweat-shirt, je me mets à caresser sa peau douce et nue. Elle tremble sous ma caresse et se penche en avant, ses cheveux retombant en cascade autour de sa tête, ses lèvres juste au-dessus des miennes. Je sais ce dont elle a envie.

C'est ce que je veux, moi aussi.

En penchant la tête en arrière jusqu'à ce qu'elle soit posée contre la tête de lit, je prends sa nuque dans ma paume et l'attire vers moi. Nos bouches se mêlent en un long et doux baiser. Je fais glisser ma langue entre mes dents et la passe sur sa lèvre supérieure, puis le long de sa lèvre inférieure en goûtant son arôme sucré et sensuel. Elle laisse échapper un petit gémissement et je me mets à l'embrasser plus intensément, tenant plus fermement l'arrière de sa tête tandis que je glisse ma langue dans sa bouche.

Je suis submergé par mon désir. Je n'ai jamais ressenti ça auparavant et des souvenirs de la nuit qu'on a passée ensemble affluent dans mon esprit. Le moment où elle m'a fait jouir sans rien demander en retour. Je veux faire la même chose pour elle. Lui donner ce qu'elle désire, ce dont elle a besoin. Je veux être avec elle. Je veux que nos corps s'enlacent toute la nuit.

On a dormi tout l'après-midi et maintenant, il fait nuit. J'ai aussi besoin de m'assurer qu'elle en a envie, qu'elle a envie de moi.

— Tu as envie de manger quelque chose ? Je veux dire… on vient de se réveiller.

Je prononce ces mots en m'écartant d'elle. J'ai des fourmillements dans les lèvres et déjà envie de l'embrasser. J'ai comme l'impression de lui offrir une échappatoire. Je n'en suis pas certain. C'est stupide, mais je refuse qu'on se lance dans quelque chose si c'est pour qu'elle fasse machine arrière au dernier moment.

Je suis prêt, aucun doute là-dessus. Mais elle, est-ce qu'elle l'est vraiment ?

En s'écartant de moi, elle saisit l'ourlet de son sweat-shirt et le fait glisser par-dessus sa tête avant de le jeter sur le sol. Elle porte un soutien-gorge tout simple, blanc, bordé de dentelle, avec un minuscule nœud en satin au milieu. Je trouve ça tellement innocent, tellement mignon. Pourtant, quand je la regarde, mes pensées sont tout sauf innocentes. J'essaie de déterminer comment je vais pouvoir lui ôter ce fichu soutien-gorge sans avoir l'air d'aller trop vite.

—J'ai tellement envie de toi, Drew, murmure-t-elle, les yeux luisants et la bouche encore enflée et brillante du baiser précédent. Enlève ton tee-shirt.

Sans hésiter, je m'exécute et pose le tee-shirt à côté de moi sur le lit. Elle ne détache jamais son regard du mien tandis qu'elle s'enroule autour de moi, ses jambes moulées dans un legging autour de ma taille, ses bras autour de mon cou. Elle enfouit ses mains dans mes cheveux et je ferme les yeux, humant son parfum, profitant de la sensation de son corps chaud si proche du mien. Son soutien-gorge est le seul obstacle entre nos deux bustes et le doux tissu satiné m'excite encore plus tandis qu'elle effleure ma poitrine avec la sienne.

Nos bouches se trouvent et je me laisse submerger par mes sentiments pour cette fille. Ça fait des jours que j'ai une folle envie d'être comme ça avec elle. Ça fait des années que je rêve d'être comme ça avec quelqu'un. Mais j'ai toujours eu trop peur pour y croire.

Mais, maintenant, j'y crois. Grâce à ma fausse petite amie.

Grâce à Fable.

Fable

Même si je suis gênée de l'admettre, des corps d'hommes, j'en ai vu beaucoup. Mais celui de Drew Callahan est le plus beau de tous.

Je suis tellement distraite par le fait qu'il persiste à coller sa bouche à la mienne que je finis par mettre fin au baiser, préférant d'abord m'imprégner de ses muscles et tendons à nu. La dernière fois qu'on s'est retrouvés ensemble dans un lit, on était dans l'obscurité, n'osant pas nous regarder, trop effrayés par ce que nous pourrions découvrir.

Mais maintenant je veux tout voir. Je veux regarder dans ses yeux la première fois qu'il me pénétrera. Je veux avoir le regard rivé au sien quand il me fera jouir. Je veux l'entendre murmurer mon nom quand je le mènerai à l'extase...

Je suis prise d'un frisson tandis que je fais glisser mes doigts sur ses larges épaules, le long de ses bras, m'attardant sur ses biceps musclés, effleurant le duvet sombre qui recouvre ses avant-bras. Il est complètement immobile, mais je sens sur moi ses yeux avides. Il me dévore du regard tandis que je caresse sa peau, hésitante. Je touche sa poitrine, le bout de mes deux index effleure ses tétons simultanément et il sursaute, ce qui me fait sourire.

Mais mon sourire s'estompe à mesure que je me concentre sur les reliefs de son ventre. Je ralentis mes caresses, pose ma main sur ses abdos et sens ses muscles se contracter à mon contact.

Quand je relève la tête, je croise son regard. Drew affiche un air espiègle et esquisse un demi-sourire. C'est de loin la première fois que je le vois aussi heureux depuis cet après-midi où il m'a invitée à déjeuner et embrassée dans cette allée de conte de fées tandis que la pluie tombait et que des lumières blanches scintillaient autour de nous.

Sans un mot, je presse mes lèvres contre les siennes, gardant les yeux ouverts jusqu'à ce que les siens se ferment, et je me surprends à tomber trop facilement sous son charme. Ce baiser est plus intense, plus avide, et je le laisse me guider. Je prends plaisir à sentir sa grande main sur ma poitrine glisser doucement vers mon cou dans un geste possessif qui me transporte.

Avec la même main, il redescend sur mon torse, ses doigts passent sous l'une des bretelles de mon soutien-gorge qu'il fait glisser le long de mon épaule. Il recommence avec l'autre bretelle, m'ôtant mon soutien-gorge. En quelques secondes, ma poitrine nue est pressée contre la sienne. Je sens mes mamelons se durcir sous la chaleur de sa peau.

—J'ai envie de toi, Fable, me murmure-t-il tandis que je frissonne de tous mes membres. J'en ai tellement envie que ça me fait mal.

J'aime qu'il associe mon nom à l'expression de son désir. Plutôt que d'être perdu dans l'obscurité ou aveuglé par son passé, il est là. Il est présent, avec moi. Il me touche et m'embrasse en frottant son pénis tumescent contre moi.

Je suis complètement absorbée par sa personne. Je me perds en lui et il n'y a nulle part où je préférerais me trouver.

Il me saisit par la taille et me pousse sur le lit de telle manière que je me retrouve allongée sur le dos, ses mains pressées de chaque côté de ma tête posée sur le matelas, tandis qu'il se penche sur moi sans jamais décoller sa bouche de la mienne. Dans cette position, il n'est plus aussi proche et j'ai envie de lui. J'enroule mes jambes autour de ses hanches et j'essaie désespérément de l'attirer vers moi.

Cessant de m'embrasser, il s'écarte et se laisse glisser vers le bas le long de mon corps, les mains tenant l'élastique qui retient mon fin legging noir. Doucement, patiemment, il tire dessus, emportant ma culotte avec. Je tremble et mes halètements se font trop rapides. Je regarde le plafond, mordant l'intérieur de ma lèvre en sentant ses doigts caresser mes cuisses, mes genoux, mes mollets pendant qu'il me déshabille. Je sens son souffle contre mon sexe et je ferme les yeux, me laissant gagner par le vertige quand je sens ses mains écarter mes cuisses.

Il contemple mon sexe et je ne sais pas quoi penser ou quoi faire. Sa respiration se fait haletante. Ses mains agrippent mes hanches et il dépose un baiser sur ma poitrine en faisant glisser ses lèvres sur ma peau jusqu'à ce que je sente sa langue sur l'un de mes mamelons, puis l'autre.

Je n'y tiens plus. Je ne suis pas du genre silencieuse, au lit. Je ne l'ai jamais été. Ce n'est pas que je hurle à m'en déchirer les tympans, d'habitude, mais c'est si bon de sentir ses mains et sa bouche sur ma peau que je me cabre et pousse un cri. Je suis submergée de sensations, complètement nue et exposée, et je ne me suis jamais sentie aussi désirée. Aussi vivante.

—Tu es magnifique, murmure-t-il, la tête enfouie dans ma poitrine tandis qu'il continue à passer sa bouche sur mon corps.

Je plonge ma main dans ses cheveux et l'attire contre moi en me tordant de plaisir sous ses lèvres. Je suis encore abasourdie. Honnêtement, je ne sais pas comment on en est arrivés là. Je l'ai détesté d'emblée. Je n'ai accepté cet arrangement que pour l'argent. Je pensais qu'il avait trop de problèmes. J'en suis toujours convaincue.

Mais moi aussi. Et il est tellement beau, attentionné, vulnérable. On pourrait partager nos problèmes. Je veux le guérir. Je sais que je peux l'aider.

L'union de nos corps est la première étape.

—Ne bouge pas, murmure-t-il.

J'ouvre les yeux et son visage est tout contre le mien. Il dépose un baiser rapide sur mes lèvres et s'écarte de moi en descendant du lit.

—Je reviens tout de suite.

Je le regarde partir et je mets mon bras devant mes yeux, faisant de mon mieux pour ralentir les battements de mon cœur, la respiration haletante. Mon corps est tellement dur qu'un rien suffirait à me faire perdre la tête. Je tremble, vibrante d'adrénaline, de désir et d'autres émotions mystérieuses qui s'agitent en moi. Je n'ai jamais ressenti ça auparavant. Jamais.

J'en ai le souffle coupé.

Drew revient dans la chambre quelques minutes plus tard. Il ferme la porte et pousse le verrou. Je le regarde tranquillement pendant qu'il marche vers le lit et pose une boîte de préservatifs sur la table de nuit. Je le regarde droit dans les yeux, hausse un sourcil et souris.

—On a de la chance. Il y a une boîte dans la salle de bains sous le lavabo. Il y en a toujours, ainsi que des serviettes, du shampoing et du savon. L'annexe est toujours occupée, on dirait un hôtel, parfois, je te jure. Mon père invite des clients ici.

Euh… Eh bien, si les Callahan ont des invités en permanence, au moins ils leur fournissent un refuge avec tout le confort.

Je ne peux pas réfléchir à la question du préservatif trop longtemps, pas alors que Drew défait le bouton et la fermeture Éclair de son jean. Il le laisse glisser sur ses hanches puis autour de ses chevilles avant de l'envoyer voler d'un coup de pied. J'ai la bouche complètement sèche en le regardant, en voyant comme il remplit parfaitement son boxer noir en coton.

Qu'il enlève aussi. Je l'observe, immobile, ébahie par la taille de son sexe et à l'idée de ce que je vais ressentir quand on va enfin unir nos corps.

Je prends conscience que je pourrais avoir mal. Soudain, je suis saisie d'effroi.

Je pourrais jurer qu'il a senti mon changement d'humeur et il tente de me rassurer. Il me prend dans ses bras et me tient serrée contre lui. Je ferme les yeux et enfouis ma tête dans son torse ferme. Je hume son parfum unique. Il est doux et tendre, mais ses gestes sont fermes. Et, très vite, on s'embrasse, on se caresse avec des gestes saccadés et on roule sur le matelas comme deux enfants qui se livrent à un combat de catch.

Mais avoir cet homme imposant et musclé qui me cloue sur le lit n'a rien d'un jeu. Mes bras sont étendus au-dessus de ma tête et ses doigts entravent mes poignets tandis qu'il me contemple de ses beaux yeux bleus.

Il vient à peine d'enfiler un préservatif. Je sais qu'il est prêt. Moi aussi. Mais je ne peux pas m'empêcher d'être nerveuse. C'est un tournant dans notre relation et un point de non-retour. Je ne l'oublierai pas, pas plus que cette nuit. Il est en train de s'inscrire de façon permanente dans mon histoire intime.

— On ne pourra pas effacer ce moment, murmure-t-il, comme s'il lisait dans mes pensées.

Je hoche lentement la tête, trop subjuguée pour trouver les mots.

— Une fois que je serai en toi, tu seras à moi.

Oh ! Je n'aurais jamais cru que le fait d'entendre un mec me dire ça m'exciterait à ce point, mais c'est pourtant le cas. Je me suis toujours considérée comme une personne indépendante. Je n'appartiens à personne.

Mais l'idée de lui appartenir me comble de joie au point que j'ai peur d'exploser.

— Je veux que tu sois à moi, Fable.

Relâchant son étreinte sur mes poignets, il baisse la tête et caresse ma joue et mon nez avec le sien. C'est le geste le plus tendre et le plus sensuel du monde et je gémis en passant mes bras autour de son cou pour le rapprocher de moi.

—Je veux être à toi, dis-je dans un souffle. Je veux t'appartenir, Drew. À toi et à toi seul.

Il m'embrasse tout en faisant glisser son sexe en moi. Centimètre par centimètre, je cherche l'air en sentant son membre gonflé en moi et je me tends, retenant mon souffle tandis qu'il me pénètre de plus en plus profondément.

—Je te fais mal.

Il dépose de doux baisers furtifs sur mon visage.

—Détends-toi. Respire.

Je fais ce qu'il me dit. J'essaie d'alléger la tension de mon abdomen et ça devient plus facile. Drew pénètre en moi. Son corps tout entier est tendu de se retenir et sa peau est recouverte de fines gouttelettes de sueur. J'ondule des hanches, écarte un peu plus les jambes et il s'enfonce davantage en moi.

On laisse tous les deux échapper un grognement et on se met à bouger à l'unisson. Timidement d'abord, en nous adaptant au rythme de l'autre et en tournant nos corps pour qu'ils se synchronisent en un mouvement fluide. Le mouvement de va-et-vient se fait plus violent, puis plus violent encore, me faisant perdre l'esprit à chaque secousse. Je perds le fil, mon esprit se brouille et mes pensées sont distantes. Je ne peux plus que ressentir. Je sens une vague de plaisir déferler en moi et je sais que je suis sur le point de me laisser aller complètement quand il me prend par surprise.

Drew me fait asseoir, le dos appuyé contre la tête de lit. Mes jambes s'enroulent autour de sa taille, dans la même position que nous avions quelques minutes auparavant, quand nous étions encore tout habillés. Seulement, maintenant, nous sommes complètement nus, physiquement et émotionnellement. Nos corps sont liés et il est si profondément ancré en moi que j'ai l'impression qu'il n'en sortira plus.

—J'étais en train de te perdre.

Il me connaît si bien.

—Je ne voulais pas que tu oublies avec qui tu es. Ni qui est sur le point de te faire jouir.

Sa voix est tellement profonde, son sexe brûlant. J'en frémis. Son ton possessif m'excite et ses mots tendres me galvanisent.

Drew me chamboule complètement, d'un regard, d'un mot, d'un coup de rein ou de langue. Chacun de ses gestes me fait chavirer, m'intoxique, me fait renaître.

Moi et tout ce qui m'habite.

—Je n'oublierai jamais avec qui je suis, dis-je à voix basse contre ses lèvres avant de l'embrasser.

Agrippant mes hanches, il me fait descendre sur sa verge et je me prête au jeu, impatiente quand je sens l'orgasme monter en moi, tout en voulant faire durer le plaisir un peu plus longtemps.

Il place sa main sur ma nuque. Ses doigts s'emmêlent dans mes cheveux dans une étreinte si intense que ça me fait mal. Mais j'aime cette douleur. J'aime comme elle me fait me sentir vivante. J'aime être dans ses bras et ce que je ressens en le sachant profondément enfoncé en moi.

Je me sens vivante, désirée, aimée.

Il dit mon nom dans un souffle, sa bouche collée contre la mienne, et je devine qu'il est au bord de l'extase. Moi aussi. Je me positionne parfaitement, arrimée à lui, me balançant d'avant en arrière, puis je pousse un cri et mon corps est pris de tremblements. Il jouit juste après moi, son corps frémissant tandis qu'il grogne de plaisir, les bras serrés si fort autour de ma taille que j'ai du mal à respirer.

On reste enlacés de longues minutes, tremblants, tentant de reprendre notre souffle. Je ne veux pas le laisser partir, le laisser sortir de mon corps, même si je sais que c'est ridicule.

Mais je ne peux pas m'en empêcher. Drew Callahan m'a changée à tout jamais et cette pensée m'émerveille et me terrifie tout à la fois. Il y a encore tellement de choses que j'ignore.

Il a encore tant de choses à me révéler. Tant d'épisodes effrayants de sa vie que j'ai peur de deviner. Mais la vérité… Ne dit-on pas que la vérité est synonyme de libération ?

Je veux libérer Drew des murs que son passé a érigés autour de lui. Et la seule façon de faire ça, c'est de savoir ce qu'il s'est passé.

Et, demain, je suis déterminée à le découvrir.

Il le faut.

Chapitre 14

Jour 7 – Jour du départ – 9 heures

« Les voies de l'amour véritable sont semées d'embûches. » William Shakespeare

DREW

ON A DORMI LONGTEMPS, NOS CORPS NUS ENTRELACÉS. Mon torse est collé contre son dos et mes mains posées sur ses seins. Je suis si excité par le parfum de ses cheveux sur mon visage et par la sensation de ses jambes mêlées aux miennes que je suis prêt à lui faire l'amour une nouvelle fois.
Ce que je fais.
On a fait l'amour quatre fois la nuit dernière. Et chaque fois était meilleure que la précédente. Je suis complètement dingue de cette fille. C'est pathétique. Et génial.

Elle finit par m'inciter à sortir du lit en me disant qu'il faut qu'on se mette en route. Elle a raison. Un trajet de quatre heures, un jour de grands retours, ça risque de prendre plus longtemps que d'habitude.

De plus, je veux éviter de croiser Adèle ou mon père. C'est vraiment horrible à dire. J'aime mon père, mais aujourd'hui… aujourd'hui est une journée difficile pour lui. Et je ne sais pas si je peux le supporter. Je m'en veux de me sentir aussi heureux alors que c'est bientôt l'anniversaire de la mort de Vanessa. Pourtant, je voudrais en finir avec tout ça.

Je suis fatigué de me sentir coupable, d'être épuisé, d'être inquiet et honteux. Pour une fois dans ma vie, je viens de faire l'amour à une femme magnifique pendant toute la nuit et je veux en profiter. Je veux être avec elle, la toucher, lui dire ce qu'elle représente à mes yeux, au lieu de m'enfuir pour me cacher du monde.

Fable me fait tellement de bien. Je ne pourrai jamais la laisser partir.

On prend notre douche ensemble parce que je n'arrive pas à m'arrêter et elle non plus. Je glisse mes doigts entre ses jambes et l'amène doucement jusqu'à l'orgasme, ma bouche collée contre la sienne tout le temps, buvant ses soupirs et ses gémissements tandis que l'eau chaude coule autour de nous. Puis elle se met à genoux et me prend dans sa bouche. Ses lèvres entourent l'extrémité de mon pénis et sa langue caresse chaque centimètre carré de ma verge jusqu'à ce que je jouisse en poussant un soupir tremblant.

À elle seule, cette fellation marque un tournant dans ma vie. Mes expériences passées m'ont poussé à haïr cet exercice. Simplement parce que j'étais révulsé par mes souvenirs. La honte, l'horreur d'avoir cédé si facilement aux assauts de cette femme qui me répétait que ce que nous faisions n'était pas mal, qu'il n'y avait aucune honte à avoir.

Elle avait tort. Je savais que ce que nous faisions n'était pas bien, et pourtant je ne parvenais pas à me contrôler ni à maîtriser mes pulsions, ni la manière dont je réagissais à ses avances. Elle savait comment m'exciter et je détestais ça.

Je détestais ce qu'elle avait fait de moi : son objet sexuel. Un truc qu'elle pouvait sortir, baiser, masturber et utiliser jusqu'à l'épuisement et jusqu'à ce que le dégoût me submerge. Plus d'une fois, après qu'elle m'eut laissé seul dans ma chambre, j'ai songé au suicide. Mais je ne pouvais pas. J'étais effrayé, j'avais trop peur de ce qui pourrait arriver si je survivais.

Alors je me suis bâti une carapace. Je suis devenu un robot et j'ai vécu ma vie en mode veille, faisant ce qu'on attendait de moi et m'en sortant plutôt bien. J'ai gardé tout le monde à distance et je me suis plongé dans le football sans penser à rien d'autre.

Jusqu'à ce que cette fille entre dans ma vie, avec ses airs troublants, surprenants, grisants.

Et qu'elle me mette à nu, complètement.

Nous nous frictionnons mutuellement. Une fois que nous sommes secs, Fable lance :

— Tu es insatiable.

Ses mots me glacent. Adèle m'a dit presque la même chose ce soir-là, au country club. Ses paroles m'avaient rendu furieux, honteux.

Un peu comme maintenant.

Le sourire disparaît des lèvres parfaites de Fable et je l'observe en essayant de faire refluer ma colère. Je ne peux pas perdre les pédales, pas comme ça. Pas après avoir passé la nuit la plus incroyable de ma vie en sa compagnie.

— Qu'est-ce qui ne va pas ? demande-t-elle.

Je secoue la tête et sors de la salle de bains. Je me dirige vers ma chambre pour me changer. J'ai déjà fait mes valises et je suis presque prêt à partir, il ne me reste plus que deux ou trois petits détails à régler. J'ai besoin de m'en aller d'ici, loin de cette maison, loin de cette vie. Elle ne fait plus partie de moi, à présent, et je sens ses tiges épineuses qui s'enroulent autour de mon esprit, qui essaient de s'accrocher à moi et de me maintenir prisonnier.

Quelques minutes plus tard, Fable entre dans ma chambre, vêtue d'un jean encore déboutonné et d'un tee-shirt passé à la hâte. Elle redresse les épaules, m'offrant un aperçu de sa peau nue, et je suis distrait l'espace d'un instant.

Mais je me rends compte que son regard pénétrant est rivé sur moi et qu'elle ne va pas me laisser lui échapper.

— Dis-moi ce qui ne va pas.

— Je suis juste… prêt à partir.

C'est une réponse acceptable. Il le faut.

— Quelque chose est arrivé là-dedans. Je veux savoir de quoi il s'agit.

Elle croise les bras, un geste que je ne l'ai pas vue faire depuis des jours et je me rends compte que c'est une attitude défensive. Elle essaie d'être forte, de montrer qu'elle ne lâchera pas prise.

Eh bien, moi non plus. On ne peut pas avoir cette conversation ici, pas maintenant.

—Oublie, Fable. Sérieusement.

—Non.

Elle s'avance vers moi et me donne une poussée dans la poitrine de ses deux mains.

—Je suis fatiguée de faire comme si tout allait bien. J'en ai marre que tu exploses et que tu paniques sans me dire ce qui ne va pas ! Je sais que tu pleures toujours ta sœur. Je sais que tu te sens coupable de sa mort et je le comprends. Mais il y a autre chose. Quelque chose d'autre est arrivé et tu ne veux pas me le dire. Et j'ai vraiment besoin que tu le fasses, Drew.

Je secoue lentement la tête et pousse un énorme soupir.

—Je... je ne peux pas.

—Il le faut !

Elle tend les bras pour me pousser encore et je saisis ses poignets pour l'arrêter.

—J'ai besoin de savoir. Comment est-ce que je peux t'aider à passer à autre chose, sinon ?

—Crois-moi, tu le regretterais...

Je relâche mon étreinte et retourne à mon sac posé sur le lit, mais elle me retient par le bras et me force à me retourner pour lui faire face.

—Ne me repousse pas. Je suis ici pour toi ! Après tout ce qu'on a traversé, après tout ce qu'on a partagé…

Elle soupire et ferme les yeux un instant, comme si elle croulait sous les émotions.

—J'ai mis mon corps et mon âme à nu pour toi et je n'ai jamais fait ça pour personne. Alors, s'il te plaît, je t'en supplie, dis-moi ce qui s'est passé !

Je l'observe, mourant d'envie de me confesser. Je suis effrayé par sa réaction. J'ouvre la bouche, mais aucun mot ne sort. C'est comme si j'avais un poids énorme sur la poitrine, écrasant mon cœur jusqu'à ce qu'il se transforme en poussière.

—Est-ce que je peux deviner ?

Sa voix est douce, si ténue que je me penche pour l'entendre.

—J'ai… j'ai mon idée. Est-ce que je peux te poser des questions auxquelles tu répondras par oui ou par non ?

Ce qu'elle propose est une solution lâche. Et sachant que, en ce moment, je suis lâche, c'est la seule qui soit viable.

Alors je hoche la tête.

Prenant une profonde inspiration, elle recule d'un pas et s'appuie contre l'armoire située derrière elle.

—Ce qui t'est arrivé s'est passé ici, non ? Pas dans l'annexe, mais ici, dans cette maison. Pas à l'école ou ailleurs. Je me trompe ?

Je déglutis difficilement et fais non de la tête une fois.

—D'accord, dit-elle en pinçant les lèvres, les yeux remplis de ce qui ressemble à de l'inquiétude. Je crois que… je crois que ça a un rapport avec Adèle, j'ai raison ?

Je reste silencieux. Je suis paralysé. Je veux répondre que oui. Je veux m'enfuir. Elle est si proche. Si proche de comprendre et je m'aperçois qu'elle a probablement déjà compris et j'ai tellement honte que j'ai envie de vomir.

—Ouais, dis-je d'une voix rauque, plaquant le dos de ma main contre ma bouche.

J'ai vraiment envie de vomir.

Je décèle de la peur dans ses yeux quand elle me regarde. De la compassion aussi, de l'inquiétude et des larmes. Des larmes qu'elle ne doit pas verser pour moi.

—Elle… elle t'a violé, c'est ça?

Je secoue la tête, choqué par la manière dont elle vient de formuler les choses.

—Elle ne m'a pas violé. Je savais très bien ce que je faisais.

Fable reste bouche bée.

—Quoi?

—On a eu une aventure. C'est tout. Pas de viol, pas d'attouchements quand j'étais petit. Elle m'a fait des avances. Elle m'a séduit. Et je me suis laissé faire. Notre liaison a duré des années.

Je crache presque ces derniers mots, tellement dégoûté par moi-même que j'arrive à peine à y voir clair.

—Voilà, Fable. Tu as ta réponse. Et maintenant, qu'est-ce que tu en penses? Je suis dégueulasse, non? À coucher avec ma belle-mère qui se glisse dans ma chambre au milieu de la nuit. À la baiser furieusement encore et encore. Elle a toujours su comment m'exciter et je ne supportais pas l'emprise qu'elle exerçait sur moi.

Je tremble. Je halète. J'ai les dents qui claquent. Je n'en reviens pas d'avoir dit ça. Je lui ai tout dit. Tout.

Fable se tient devant moi, pantelante, les larmes aux yeux.

— Quel âge tu avais, quand ça a commencé ?

— Presque quinze ans.

Et j'étais lubrique. Adèle le savait. Elle était belle, mystérieuse. Elle me complimentait, flirtait avec moi et je répondais à ses avances. Elle n'a que onze ans de plus que moi. Elle me disait qu'on avait plus de choses en commun que ce qu'elle partageait avec mon père. Et avant que je comprenne ce qui arrivait, elle se glissait dans ma chambre au milieu de la nuit pour me toucher. Elle me suçait, m'excitait au dernier degré, à tel point que je pensais que j'allais m'évanouir.

J'étais jeune, plein d'hormones et tiraillé par le désir. Constamment. Et, malgré la honte et le dégoût que je ressentais, j'avais envie qu'elle me fasse jouir. Je recherchais son attention parce que je me sentais désiré, aimé.

Lorsqu'elle quittait ma chambre, j'étais accablé par la honte. J'étais révulsé, rempli de haine pour moi et pour elle, pour mon père qui ne voyait rien, pour ma mère qui est morte quand j'étais petit et qui n'était plus là pour me protéger.

— Tu étais un enfant et elle a abusé de toi, Drew. Ce n'est pas une aventure entre deux adultes consentants. C'était ta belle-mère et elle t'a violé.

Sa voix et son corps tout entier tremblent, comme les miens. Puis elle fait la chose la plus surprenante du monde.

Elle se rue sur moi et me serre dans ses bras, si fort que j'ai l'impression qu'elle ne va jamais me lâcher. Elle pleure et sanglote dans ma chemise. Je glisse lentement mes bras autour d'elle et la tiens enlacée. Je ne pleure pas et n'éprouve pas le moindre soupçon de tristesse. Je n'ai plus d'émotions. Je suis vide. Sous le choc.

Je viens d'avouer mon secret le plus sombre et le plus affreux, et Fable ne s'est pas enfuie. Elle n'a pas ri. Elle ne s'est pas moquée de moi. Elle ne m'a pas pointé d'un doigt accusateur.

Pour la première fois de ma vie, j'ai l'impression d'avoir trouvé quelqu'un qui me comprend.

Fable

Je le savais. J'avais beau refuser de voir les choses en face, je savais que le problème venait d'Adèle. Tout au long de la semaine, les indices se sont accumulés et mes soupçons ont grandi.

Et maintenant ma théorie est confirmée.

Je sens la haine monter en moi, si intense que j'en ai la tête qui tourne. Je hais cette femme pour ce qu'elle a fait à Drew, pour la manière dont elle continue à le torturer. Elle est révoltante. Cette sale violeuse devrait être en prison, pour la façon dont elle a abusé de lui.

Je la hais de tout mon être.

—Il faut qu'on s'en aille d'ici, dis-je d'une voix étouffée, le visage enfoui dans sa poitrine.

Je m'écarte de lui pour le regarder et je ne parviens pas à déceler la moindre émotion sur son visage. Il est complètement éteint et je ne peux pas le blâmer : il s'agit probablement d'un mécanisme de défense.

À la minute où on sera rentrés, je lui dirai qu'il a besoin de consulter un professionnel, pour qu'il se sorte de la tête ce qui lui est arrivé. Je ne crois pas qu'il puisse un jour oublier son passé pour de bon, mais, au moins, il aura quelqu'un à qui parler. Il faut qu'il se fasse aider pour mieux gérer tout ça.

— Drew.

Je lui secoue le bras et ses yeux se reposent sur moi.

— Il faut qu'on s'en aille d'ici. Maintenant.

— Tu as raison. Allons-y.

Je cours dans ma chambre et jette mes affaires dans mon sac, puis j'en referme la fermeture Éclair. J'attrape au vol mon sac à main et le sweat-shirt que je vais porter et je jette un regard dans la chambre pour m'assurer que je n'ai rien oublié.

Ça n'aurait aucune importance. Je veux m'en aller d'ici, à tel point que je me fiche complètement d'avoir oublié quelque chose.

J'attends Drew dans le salon, en surveillant la maison principale par la fenêtre. Ils ne sont pas encore partis faire ce qu'ils ont prévu pour l'anniversaire de la mort de Vanessa. J'aperçois la Range Rover garée dans l'allée, comme si le père de Drew l'avait sortie plus tôt en prévision de l'événement. Au moins, elle ne bloque pas le pick-up.

Heureusement.

Quand il me rejoint dans le salon, je demande :

— Tu veux dire au revoir à ton père ?

Son visage est dénué d'expression. Il est prêt à partir, son sac sur l'épaule.

Il secoue lentement la tête.

— Je lui enverrai un texto. Est-ce qu'ils sont partis ?

— Non.

La panique dans ma voix est palpable et je m'éclaircis la gorge, furieuse contre moi-même.

— Drew, je ne pense pas que ce soit une bonne idée qu'on aille là-bas…

— Moi non plus.

Je suis soulagée et on se dirige vers son pick-up d'un pas rapide. Mes mouvements sont précipités et je jette mon sac sur l'étroite banquette arrière de la cabine. Il grimpe dans le pick-up en même temps que moi et nos portières claquent à l'unisson, tandis que Drew met la clé dans le contact.

On est tellement proches du départ que je peux le sentir. Je n'ai jamais été aussi heureuse de quitter un endroit qu'en ce moment.

— Andrew !

Je tourne la tête sur ma gauche et je vois Adèle qui court vers la voiture avant de s'arrêter près de la portière côté conducteur. Je n'en reviens pas. Elle tambourine sur la vitre en lui criant de la baisser. Il l'observe, la main posée sur le levier de vitesses, prêt à engager la marche arrière.

— N'ouvre pas, dis-je entre mes dents. N'ouvre pas cette vitre. Elle ne mérite plus ton attention.

— Et si elle raconte tout à mon père ?

Il a une petite voix. On dirait un petit garçon et j'en ai le cœur brisé pour lui. Je ressens sa douleur.

— On s'en fiche. Ce n'est pas toi qui es en tort, ici. C'est elle.

Gardant la tête baissée, il tend la main et appuie sur le bouton qui fait descendre lentement la vitre.

— Qu'est-ce que tu veux ? demande-t-il froidement.

— Juste… s'il te plaît, viens avec nous. Je veux que tu sois là, Andrew.

Elle me jette un regard glacial et je le lui rends bien. J'aimerais la détruire. Je la hais.

— J'ai déjà été sur sa tombe hier. J'ai rendu hommage à ma sœur. Qu'est-ce que tu veux de plus ?

La voix de Drew est aussi glaciale que son regard. Mais elle n'y prête aucune attention.

— Il y a tant de choses que tu ne sais pas et je… Il faut que je te le dise. En privé. C'est important, Andrew. S'il te plaît.

— Arrêtez de l'appeler comme ça !

Je ne peux pas m'empêcher de le lui dire. Il faut que je l'arrête. Je ne supporte pas la manière dont elle utilise son prénom pour le contrôler.

— C'est comme ça qu'il s'appelle, réplique Adèle d'un ton ennuyé. Et ce n'est pas toi qui vas me dicter ma conduite !

— Ne lui parle pas sur ce ton.

La voix de Drew est menaçante, mais ça n'a pas l'air d'avoir le moindre effet sur sa belle-mère.

— Cette fille n'est rien pour toi, Andrew. Elle n'a aucune importance. Pourquoi est-ce que tu passes ton temps avec elle ?

Est-ce qu'elle est bonne au lit ? Est-ce qu'elle écarte les jambes pour toi quand tu en as envie ? C'est pour ça que tu es avec elle ?

Adèle a l'air d'une folle. Je refuse de me laisser affecter par l'insulte, de quelque manière que ce soit.

Sachant ce qu'elle a fait à Drew, elle ne m'arrive pas à la cheville. Elle mérite de rôtir en enfer.

Je ne peux m'empêcher de marmonner dans ma barbe :

— Au moins, je ne suis pas une violeuse d'enfants.

Le hoquet de surprise qu'elle laisse échapper m'indique que j'ai parlé trop fort.

— Qu'est-ce que tu racontes, petite salope ?

Et merde, j'ai mis les pieds dans le plat.

— Elle est au courant, Adèle, intervient Drew d'un ton dur. Elle sait tout.

Le silence lourd de sous-entendus qui nous enveloppe tous les trois est presque douloureux. Je n'arrive pas à la regarder. Je me concentre sur mes genoux tremblants, faisant de mon mieux pour maîtriser ma respiration. Je regarde Drew du coin de l'œil et j'aperçois sa mâchoire contractée. Il agrippe le volant si fort que ses phalanges sont blanches.

— Bien, dit-elle dans un couinement avant de tousser. Alors tu lui as tout raconté, c'est ça ? Elle est au courant de notre petite liaison.

— Violer un garçon de quinze ans n'a rien à voir avec une liaison.

Je ferme la bouche et les yeux. Ma mère m'a toujours dit que ma grande gueule m'attirerait des ennuis.

Je crois qu'elle a raison.

—Bien, si tu veux qu'elle sache tout, je vais te dire maintenant, devant ta petite pute à grande gueule, ce que je voulais t'apprendre en privé.

Sa voix est douce et claire. C'est tellement exaspérant que je ne peux pas m'empêcher de lever la tête pour la regarder.

Je n'aime pas ce que je vois. Elle a une lueur meurtrière dans les yeux et sa bouche est déformée par un rictus mauvais. Elle est clairement sur le point de perdre les pédales.

—On devrait y aller, dis-je à Drew.

Il démarre le moteur sans un mot.

—Tu ne veux pas entendre ce que j'avais à te dire ? demande-t-elle d'un ton enjôleur qui me donne des frissons.

—Pas vraiment.

Il garde les yeux baissés sur le volant.

—C'est dommage, parce que ça concerne Vanessa.

Il se tourne pour la regarder et je fais la même chose.

—Qu'est-ce que ça a à voir avec elle ?

—J'essaie de te le dire depuis je ne sais pas combien de temps, mais le moment n'était jamais bien choisi. Mais il faut que tu saches. Je m'en suis toujours doutée… Je n'étais pas certaine. Mais maintenant je n'ai plus le moindre doute, je sais.

—Crache ton venin, Adèle.

Mon estomac se tord en attendant de découvrir ce qu'elle a à dire. J'ai les mains moites et j'agrippe mes genoux, terrifiée.

—Vanessa n'était pas ta sœur, Andrew.

Adèle marque un temps d'arrêt avant de me décocher un sourire mordant.

—C'était ta fille.

Chapitre 15

Jour 7 – Jour du départ – 11 h 30

« À grand amour, grandes souffrances. »
Proverbe

FABLE

Presque deux heures ont passé et je ne sais toujours pas quoi dire.

La terrible révélation d'Adèle me laisse sans voix. Pourtant, ce n'est pas moi qu'elle traumatise directement. Je suis effrayée par la manière dont Drew a pris la nouvelle. Il n'a pas eu la moindre réaction.

Il est froid, sans expression, sans émotion. Il est comme une coquille vide.

Je viens de passer six jours et sept nuits avec lui. Je l'ai vu dans tous ses états. En colère, tendre, mais je ne l'ai jamais vu comme ça. Je ne sais pas quoi faire. Et il refuse de me parler.

En fin de compte, ce sont les quatre heures les plus longues de ma vie. Il y a une circulation infernale. Le temps est merdique et la pluie qui tombe dru rend les routes glissantes, l'empêchant presque de voir à travers le pare-brise.

Il a allumé la radio dès le début du voyage, indiquant clairement qu'il ne voulait pas parler. Alors je n'ai pas insisté. Mais j'en avais envie, vraiment envie. Il y avait tant de questions en suspens et je n'avais aucune réponse.

Est-ce qu'Adèle avait dit la vérité ? Vanessa était-elle vraiment la fille de Drew ? Est-ce que son père en avait la moindre idée ? Est-ce qu'il était au courant de leur relation ? Combien de temps celle-ci avait-elle duré exactement ?

D'après mes calculs, elle a abusé de lui pendant longtemps, au moins quatre ans. En recoupant ce qu'il m'a raconté et la date de la mort de Vanessa, j'ai le sentiment qu'Adèle l'a attiré dans la maison ce jour-là pour se servir de lui. Et, pendant qu'ils baisaient, Vanessa s'est noyée.

C'est violent, mais c'est la vérité. J'en suis convaincue. Ça explique la culpabilité qui pèse sur ses épaules.

Je ne lui en veux pas, cela dit. Je ne peux pas le détester pour ce qui lui est arrivé. Ce n'est pas sa faute, même s'il est persuadé du contraire. Elle l'a piégé dans cette relation révoltante et il n'a pas su comment s'en dépêtrer. Il n'était encore qu'un enfant quand elle a instauré leurs jeux malsains.

C'est un miracle qu'il ait réussi à me faire l'amour la nuit dernière.

J'ai dormi par intermittence la dernière heure du trajet et je me suis réveillée en sursaut quand il a arrêté le pick-up et coupé le moteur. J'ai levé la tête et regardé par la vitre pour découvrir le parking de ma résidence.

Génial… Je suis de retour à la maison.

—On est arrivés, dit-il d'une voix profonde et calme comme la mort. Tu as besoin d'aide avec ton sac ?

Je le regarde, incrédule.

—Est-ce que ça va vraiment se terminer comme ça ?

Nos regards se croisent. Le sien est si empreint de douleur que je dois me faire violence pour ne pas me détourner. Mais je m'en empêche. Je ne vais pas le laisser gagner. Je refuse de le laisser me repousser.

—Tu as entendu ce qu'elle a dit, Fable. Je ne m'attends pas à ce que tu restes après ça.

—C'est vraiment ce que tu penses de moi ? Sérieusement ?

C'est incroyable ce qu'il peut m'énerver, parfois ! J'ai envie de le frapper et de le serrer dans mes bras en même temps.

—D'accord.

J'attrape mon sac de toile et ouvre la portière. Je sors de la voiture si vite que je manque de me retrouver sur les fesses.

—Fable.

Je m'arrête, les doigts crispés sur la portière du pick-up que je m'apprêtais à claquer violemment.

—Quoi ?

—J'ai… j'ai besoin de comprendre. Il faut que je réfléchisse.

Ses yeux implorent ma compréhension.

— J'ai besoin de temps.

Je secoue la tête, mon menton tremble et je me force à ne pas fondre en larmes. Je refuse de pleurer devant lui.

— Combien de fois il faut que je te le dise, Drew ? Arrête de me repousser.

Il prend une grande inspiration et détourne les yeux. Sa mâchoire est toujours contractée et il est tellement tendu que j'ai peur qu'il ne se brise et tombe en morceaux.

— Je ne sais pas comment gérer tout ça avec l'aide de quelqu'un d'autre. J'ai l'habitude d'être seul face à mes démons.

Je sens mon cœur se fissurer un peu plus. Je ne sais pas ce qu'il en reste après tout ce qu'on a traversé.

— Monte avec moi à l'appartement. Il faut que je m'assure qu'Owen va bien et après... Après, on pourra discuter. D'accord ?

— Owen.

Il me regarde de nouveau dans les yeux et soupire. C'est comme s'il avait tout oublié et que je le ramenais à la réalité.

— Va retrouver ton frère. Il a besoin de toi, lui aussi. C'est le plus important, en ce moment.

— Drew...

Owen est important, il le sera toujours, mais je suis beaucoup plus inquiète pour Drew. J'ai peur de ce qu'il pourrait faire en mon absence.

— Vas-y, Fable. Je... je t'appelle.

— Non, tu ne le feras pas !

Furieuse, je claque violemment la portière, déçue de voir que ça ne m'apporte aucun soulagement.

Je me dirige vers mon immeuble, les épaules voûtées sous les fines gouttes de pluie qui tombent du ciel sombre. J'entends Drew démarrer le pick-up et prononcer mon nom depuis sa fenêtre ouverte, mais je ne me retourne pas.

Je ne lui réponds pas.

Je fais ce qu'il m'a dit et je vais retrouver mon frère.

Je m'arrête net en voyant ma mère assise sur le canapé, les yeux rouges et les joues couvertes de taches. Elle a l'air d'avoir pleuré. Owen se tient debout derrière elle, son visage juvénile affichant une expression d'impuissance, et ses yeux se teintent de soulagement en me voyant.

Avant de fermer la porte, je demande à ma mère :

— Qu'est-ce que tu fais ici ?

Elle me lance un regard mauvais.

— Je vis ici. Où est-ce que tu pensais que je serais ?

Sans prendre la peine de répondre, je me dirige vers Owen et le serre dans mes bras.

— Ça va ?

— Ouais.

Il lance un regard anxieux en direction de notre mère.

— Maintenant que tu es rentrée, ça te dérange si je vais chez Wade ? Je serai de retour avant le dîner, promis.

— Je croyais qu'on allait au cinéma.

J'ai vraiment besoin de me distraire. Drew et les folles péripéties de sa vie occupent toutes mes pensées et je préférerais aller voir un film à la con pour oublier un moment.

Même si je sais que ça ne marcherait pas vraiment. Comment est-ce que je pourrais l'oublier ?

—Je crois que maman veut te parler.

Il se dandine d'un pied sur l'autre. Il a visiblement envie de sortir d'ici.

—On ira au cinéma une autre fois.

J'ébouriffe ses cheveux blonds et il esquive mon geste avec un sourire vainqueur.

—Ça te dirait une pizza, ce soir ?

Son visage s'éclaire tandis qu'il se dirige vers la porte.

—Vraiment ? D'accord.

Je le regarde partir et me retourne vers ma mère quand la porte se referme derrière lui. Elle me regarde d'un air méfiant, ses cheveux blonds – si semblables aux miens – dégringolant sur son visage. Son eye-liner a coulé et elle a les lèvres pincées. J'ai une vision de moi dans vingt ans, ressemblant exactement à ça, et cette seule pensée suffit presque à me faire tomber à genoux.

Je refuse de devenir ma mère, même si ma vie ressemble à la sienne lorsqu'elle avait mon âge.

—Pourquoi est-ce que c'est à toi qu'il demande la permission de sortir ? demande ma mère en faisant un geste vers la porte fermée. Il se comporte comme si tu étais sa mère.

—Si tu étais plus souvent à la maison, peut-être que c'est à toi qu'il demanderait.

J'emporte mon sac dans ma chambre et le jette sur mon lit défait. Il règne un désordre indescriptible dans la pièce. Il y a des vêtements partout, un tas de bijoux bon marché posé sur ma commode et le miroir aurait besoin d'être nettoyé. Cette chambre me sert uniquement à dormir. De fait, je passe le reste du temps à courir à droite à gauche, au travail ou ailleurs.

Je m'imagine inviter Drew dans mon appartement, dans ma chambre. Il serait probablement dégoûté. C'est un maniaque du rangement, or tous les habitants de cette maison sont plutôt bordéliques.

Comme si j'allais l'amener ici… Je vois mal comment ça pourrait marcher entre nous. Il faut que je regarde les choses en face. Il a trop de problèmes. Il est trop têtu pour me laisser une chance.

Quand je suis de retour dans le salon, ma mère déclare :

— Je suis à la maison tout le temps.

Je n'en reviens pas.

Elle vient d'ouvrir une bière et la sirote en laissant échapper un profond soupir.

— J'ai eu un week-end difficile. Pas besoin de me faire culpabiliser pour rien.

J'aimerais entendre sa définition d'un week-end difficile. Est-ce qu'ils se sont retrouvés à court de bières et de clopes ? Peut-être que son copain a dragué quelqu'un d'autre. Si quelqu'un a eu un week-end difficile – et même une semaine difficile –, c'est Drew Callahan.

Ah oui, et moi. C'est vrai.

—On n'est que samedi, lui fais-je remarquer. Tu ne devrais pas être au bar ou un truc comme ça ?

Elle réplique d'un air hautain :

—Depuis quand tu me parles sur ce ton ?

Je ne prends pas la peine de répondre. Je me dirige vers la minuscule cuisine et ouvre le frigo pour inspecter l'intérieur. C'est déprimant à souhait. Il y a des restes de plats chinois à emporter qui sont là depuis je ne sais quand et une collection de bouteilles de ketchup, de moutarde, de mayonnaise et de gelée de raisin dans la porte. Je découvre également une brique de lait, dont la date de péremption est dépassée depuis plusieurs jours et dans laquelle il ne reste que quelques gouttes.

Il y a aussi deux canettes de soda et un pack de douze bières à moitié entamé. Bien sûr. Il ne faudrait pas que ma mère tombe en rade de Bud Light.

Je me promets d'aller faire des courses demain matin avec l'argent que j'ai gagné à jouer les fausses petites amies, pour qu'on ait enfin de la vraie nourriture à la maison. Je sais qu'Owen n'a pas terminé de grandir. Il a besoin de manger correctement, pas de grignoter des cochonneries ou des restes sur le pouce. On va se faire une dernière soirée pizza pepperoni, et, à partir de demain, on mange sainement.

Tout en ouvrant une canette de soda, je lui lance :

—J'ai entendu dire que tu t'étais fait virer.

Le mélange froid de caféine et de sucre glisse le long de ma gorge. Quand je referme le réfrigérateur, je découvre ma mère appuyée au plan de travail de la cuisine, sa canette de bière presque vide se balançant au bout de ses doigts.

—C'est Owen qui te l'a raconté, c'est ça ? demande-t-elle en secouant la tête. C'est des conneries, ce qu'ils ont dit.

—Qu'est-ce qu'ils ont dit ?

Super... On dirait que c'est sa faute si elle a perdu son job.

—Selon eux, un client s'est plaint que je sentais la bière quand je suis venue l'aider.

Elle lève sa canette comme pour trinquer et vide le reste d'un trait. Comble de l'ironie.

—Je veux dire, je m'étais couchée tard la veille et on a bu avec Larry, alors je me dis que ça devait être les relents, tu sais ? Je te jure que je n'étais pas bourrée.

Je la regarde simplement en sirotant mon soda. Ma vie est vraiment pourrie. Ma mère est complètement irresponsable, mais je n'ai rien à envier à Drew.

Rien du tout.

—Où il est, Larry ?

Quand elle me regarde, je hausse les sourcils.

—C'est ton nouveau copain, non ?

—Je ne sais pas, répond-elle en haussant les épaules. On a eu une grosse engueulade et il m'a déposée ici il y a une heure. On était censés sortir ce soir.

Je n'ai vraiment pas envie qu'elle traîne à l'appartement. J'aimerais qu'elle sorte et qu'elle me fiche la paix, qu'elle me laisse seule histoire de pouvoir penser à ce qui me préoccupe. Owen va revenir pour manger une pizza et je veux passer du temps avec lui.

— Peut-être que tu devrais appeler Larry et lui dire que tu es désolée.

— Pourquoi tu pars du principe que c'est ma faute ?

Ce n'est pas toujours le cas ?

— Peut-être que tu devrais prendre les devants et t'excuser même si ce n'est pas ta faute.

Je hausse les épaules à mon tour.

Ma mère se pose un index sur les lèvres et sort son téléphone de sa poche.

— Ce n'est pas une mauvaise idée. Je vais l'appeler.

Elle retourne dans sa chambre, le téléphone collé contre son oreille.

Tandis qu'elle referme la porte, je l'entends dire :

— Salut, chou, c'est moi.

Je me tiens immobile longtemps après qu'elle est partie. Je pense à Drew. Où est-il ? Qu'est-ce qu'il fait ? Est-ce qu'il va bien ? Je suis morte d'inquiétude et je déteste quand je suis comme ça. Si seulement il ne m'avait pas repoussée. Si seulement j'avais pu lui venir en aide.

Mais je sais que les regrets ne servent à rien.

Drew

Après avoir déposé Fable devant chez elle, je fais le tour de la ville dans mon pick-up pendant une heure en observant les visions familières et réconfortantes. Cette petite ville où j'ai passé les trois dernières années de ma vie ressemble plus à un foyer que celle où j'ai grandi.

Bien sûr, ma ville natale regorge de mauvais souvenirs, à part ces quelques jours en compagnie de Fable.

Je dépasse le campus, le stade où je passe la majeure partie de mon temps et tout semble à l'abandon. Je traverse le centre-ville, passe devant les magasins, les cafés et les Starbucks et je ralentis devant le Room, qui a l'air calme. Pas étonnant ; il n'est que 18 heures. De plus, les étudiants ne sont pas encore revenus. La plupart d'entre eux rentreront demain.

La pluie tombe sans arrêt et quand je me rends compte que ça fait plus d'une heure que je tourne sans but, je retourne finalement à ma résidence, qui se trouve de l'autre côté de la ville, par rapport à l'appartement de Fable. J'habite dans la ville nouvelle, c'est-à-dire les beaux quartiers. Là où les voisins sont discrets et les pelouses parfaitement entretenues. Rien à voir avec les zones surpeuplées, pleines de jeunes étudiants bruyants qui les investissent en raison des loyers plus abordables. Merde, je vis tout seul ici alors que, avec sa mère et son frère, ils ont du mal à boucler les fins de mois…

Je frappe du poing contre le volant. Et encore une fois, ignorant la douleur qui fourmille dans mes phalanges et me remonte dans la main. Mon entraîneur me tuerait s'il me voyait en ce moment, essayant de me bousiller ma main de lancer. En pensant à sa colère, je frappe de nouveau le volant et, au troisième coup, je ressens de violents élancements dans le poing.

Mais cette douleur me fait du bien. C'est brut et réel et ça me ramène à la réalité, à ce que je suis. Ma vie a l'air tellement facile, de l'extérieur. J'ai toujours eu ce que je voulais sur un plateau d'argent. Je suis un gosse de riches qui devrait mener la grande vie. Je devrais frimer devant mes soi-disant amis, mener un train d'enfer dans mon immense appartement, me balader sur le campus avec une fille pendue à chaque bras parce que je suis leur héros, celui qui a sauvé l'équipe de football locale ces deux dernières saisons.

Je vis dans un monde qui repose sur des faux-semblants. L'aveu d'Adèle m'a causé un choc. J'ai fait tout le trajet jusqu'à chez moi sans presque dire un mot. Fable n'a rien dit non plus. Je me sens mal de m'être comporté de cette manière, mais qu'est-ce que je pouvais faire ? Discuter de tout et de rien, du temps et de nos morceaux de musique préférés et, accessoirement, du fait que ma belle-mère vient de m'annoncer que ma petite sœur était en réalité ma fille ?

Ma vie est un vrai feuilleton télévisé. Je ne sais pas comment la gérer. Je ne sais pas si je dois croire Adèle. Elle m'a déjà menti par le passé. En fait, elle ment tout le temps. Peut-être qu'elle essayait simplement de me choquer, de dégoûter ma petite amie pour la faire fuir. Mais ma Fable à moi est plus têtue que ça.

De plus, je sais exactement comment la faire fuir. Je suis passé maître dans la discipline, ces derniers jours.

À cette idée, je suis pris de remords.

Incapable de supporter les pensées incontrôlables qui fusent dans ma tête, j'appelle Adèle, toujours assis dans mon pick-up, sur le parking, tandis que la pluie s'abat implacablement sur le toit.

—Andrew.

Adèle a répondu à la deuxième sonnerie et elle a l'air surprise que je l'appelle. Elle peut.

—Dis-moi que c'est un mensonge.

Les mots s'échappent de ma bouche à toute vitesse et je ferme les yeux en attendant – et en redoutant – sa réponse.

Elle reste silencieuse un moment. J'entends une musique douce qui passe en fond, comme si elle était au restaurant ou quelque chose dans le genre. Je me demande si elle est avec mon père. J'espère de toutes mes forces qu'elle a trouvé une excuse pour s'éloigner, pour qu'il n'entende pas ce qu'elle dit.

—Ce n'est pas un mensonge. Elle était bien de toi.

Je laisse échapper un profond soupir. J'ai l'impression que mes poumons se rétractent. Ils sont si serrés.

—Comment est-ce que tu le sais ?

—C'est toujours la même histoire, tu sais, Andrew. Ton père et moi, on a essayé pendant des années d'avoir un enfant, sans succès. L'idée m'est venue un jour que tu serais le candidat idéal. Le meilleur suppléant, pour ainsi dire, et j'ai vu juste. J'ai planifié mes visites dans ta chambre en les calant sur mon cycle menstruel. J'ai percé des petits trous dans les préservatifs et c'est arrivé presque immédiatement.

Sa voix est assourdie, mais son raisonnement se tient, ce qui me donne envie de hurler.

Je sens de la bile monter dans ma gorge et je la ravale. J'avais seize ans quand j'ai mis cette connasse en cloque. Seulement seize ans.

—Alors tu t'es servie de moi et de mon père. Tu nous as manipulés. J'espère que tu es fière de toi.

—Je n'ai jamais joué la comédie à aucun de vous deux. J'aime énormément ton père. Et je… je t'aime aussi, Andrew. Est-ce qu'une femme ne peut pas aimer deux hommes en même temps ? Vous avez tellement de qualités, vous êtes si semblables et en même temps si différents. J'avais envie de vous deux.

Elle a une petite voix. Qu'elle parle de moi comme si… comme si elle me désirait sexuellement alors que je n'étais qu'un gamin me rend malade.

—Eh bien, tu nous as eus tous les deux. J'espère que tu es contente, grondé-je dans le téléphone, prêt à raccrocher, mais je l'entends prononcer mon nom d'un ton paniqué.

Je décide de l'écouter. Je ne sais pas pourquoi.

—Qu'est-ce qu'il y a ?

—Tu ne vas pas… Tu ne vas pas le raconter à ton père, n'est-ce pas ? Ce que je t'ai dit ?

Cette nouvelle le détruirait. Même si on ne peut pas en être certain, maintenant que Vanessa est morte, je ne suis pas près de le lui balancer. Pourquoi est-ce que je voudrais lui faire du mal ? Ça pourrirait notre relation définitivement et, à ce jour, c'est la seule famille que j'aie et qui compte à mes yeux. J'ai l'intention d'emporter ce secret dans ma tombe.

— Je ne lui dirai rien. Pas pour te sauver la mise, mais pour lui.

Elle soupire bruyamment et dit dans un souffle :

— Merci, Andrew.

— Ne te fatigue pas à me remercier. Ce n'est pas pour toi que je le fais.

— Bien sûr que non.

Elle marque une pause.

— Et ta… petite amie ? Elle est au courant. Je te l'ai dit devant elle. Si elle décidait de tout raconter ?

Je suis sûr de moi quand je réponds du tac au tac :

— Elle ne le fera pas.

Elle n'oserait pas le raconter à qui que ce soit.

— Tu ne sors pas avec elle depuis très longtemps. Et si vous vous séparez ? Si elle cherche à se venger et décide de bousiller nos vies ? On pourrait ne jamais s'en remettre.

Adèle a pris un ton tellement mélodramatique que je me demande si elle se complaît à jouer les tragédiennes.

— En aucun cas Fable n'irait raconter quoi que ce soit. Arrête de t'inquiéter.

Et sur ces mots, je raccroche. Je ne veux plus lui parler. Je ne veux pas parler, un point c'est tout.

À la place, je reste assis dans mon pick-up un peu plus longtemps à réfléchir. Il règne dans l'habitacle une atmosphère étouffante, les vitres sont embuées par ma respiration et la pluie se met à tomber de plus belle. Je ne veux pas entrer dans mon appartement et passer la nuit tout seul. Mon esprit est trop encombré, trop absorbé par ce qu'a dit Adèle.

J'aurais aimé qu'elle ne m'avoue pas cette prétendue vérité à propos de Vanessa. Ça aurait été tellement plus simple de vivre ma vie sans le savoir.

Mais elle a partagé sa peine et, à cause de ça, je suis de nouveau lié à elle. Au moment même où je croyais pouvoir m'en libérer, elle me retient et m'enchaîne.

Et elle jette la clé.

Chapitre 16

La semaine est terminée, il est minuit.

« C'est toi que je choisis. » Drew Callahan

FABLE

JE N'ARRIVE PAS À DORMIR. JE SUIS TROP ÉNERVÉE, TROP inquiète, trop… trop de choses. Ma mère est partie il y a des heures après que je l'ai encouragée à appeler son abruti de nouveau copain pour se réconcilier avec lui. Il est passé un quart d'heure après le coup de fil et ils sont allés dans leur bar favori : un rade pourri prisé par les alcoolos du coin.

Je me rends compte que je travaille dans un bar. Je sais que je suis en train de marcher sur ses pas, même si j'essaie à tout prix de l'éviter. Ça me pousse à me demander si on est condamnés à finir comme nos parents, quelle que soit l'énergie qu'on déploie pour échapper à notre destin.

Cette simple pensée me déprime et je la chasse dans un coin de mon esprit.

Owen est rentré vers 17 heures. Son sourire facile et son attitude taquine — et un peu désinvolte — m'ont montré à quel point il était soulagé que notre mère ne soit pas là. Il faut vraiment que je lui fasse perdre ces mauvaises habitudes langagières. C'est un peu l'hôpital qui se moque de la charité. Merde, c'est vrai que je jure comme un charretier à longueur de journées.

On commande des pizzas qui mettent un temps fou à arriver parce que c'est le samedi soir qui suit Thanksgiving et que personne en ville n'a envie de cuisiner. On regarde de super films des années 1990 sur le câble — le seul luxe pour lequel je suis prête à dépenser de l'argent parce que ça rend Owen heureux, et moi aussi, je l'admets — et on attend notre repas en grognant et en gémissant sur nos ventres affamés.

Pendant tout ce temps, je pense à Drew. À son sourire, à sa manière de me toucher, de me regarder quand il m'a prise sur ses genoux pour la première fois. Au goût de ses lèvres, à la chaleur de son souffle, à la sensation de ses mains sur ma peau nue. Il me hante pendant que je taquine mon frère en regardant un film que j'ai déjà vu cent fois. Enfin, j'enfourne la pizza dans ma bouche comme si je n'avais pas mangé depuis une éternité.

Je ne supporte pas de le savoir seul quelque part avec ses pensées, ses souvenirs, ses problèmes. Je regarde constamment mon téléphone, espérant recevoir un message, un appel, quelque chose, mais il ne me contacte pas. Et je ne vais pas le contacter.

Pas encore.

Plus tard dans la soirée, je me raisonne en regardant Owen jeter quelques vêtements dans son sac à dos. Drew a peut-être besoin de temps. Mon frère va passer la nuit chez Wade. Son ami l'a appelé pour l'inviter et j'ai parlé à sa mère, rassurée à l'idée qu'il allait vraiment là-bas et pas courir les rues au beau milieu de la nuit. J'aimerais lui faire confiance, mais enfin…

Il n'a que treize ans.

Du coup, je me retrouve toute seule. J'ai l'habitude. Owen passe beaucoup de temps chez ses amis et ma mère préfère rester dehors jusqu'à la fermeture des bars. Et je travaille tout le temps, alors il n'y a personne à la maison à cette heure-ci, en général.

La pluie n'a pas cessé. Je l'entends tomber, allongée sur mon lit dans l'obscurité, les yeux grands ouverts en regardant le plafond. Je n'arrive pas à chasser Drew de mes pensées. J'ai besoin de savoir s'il va bien, s'il est vivant. Sans réfléchir, j'attrape mon téléphone et je compose un texto rapide. Je l'envoie avant d'avoir le temps d'hésiter et de l'effacer.

Je me glisse hors de mon lit. Je me dirige vers le salon et me pelotonne sur le canapé, sous un vieux plaid. Puis j'allume la télé. Il est minuit passé. Notre semaine de relation imaginaire est officiellement terminée.

Le temps passe, et je me rends compte qu'il ne viendra pas me sauver. Il s'en tient à notre arrangement.

Mon travail, en tant que fausse petite amie de Drew, est terminé.

Drew

Je me suis endormi sur mon lit, encore vêtu de mon jean et de mon sweat-shirt, sans prendre le temps de tirer la couette sur moi. J'ai dû dormir des heures parce que je me réveille groggy et désorienté. Mes muscles me font mal et j'ai la bouche pâteuse. Mon estomac gronde parce que je viens de sauter deux repas. Ça ne m'arrive jamais.

En regardant le réveil posé sur ma table de nuit, je vois qu'il est plus de 2 heures du matin et je me redresse, me gratte l'arrière de la tête et me penche pour allumer la lampe. Mon téléphone est posé sur la table de nuit et m'attire le regard. Je le saisis, presse le bouton qui me permet de voir si quelqu'un a appelé ou envoyé un message et je le vois : un texto de Fable qui ne contient qu'un seul mot.

Marshmallow

Putain de merde ! Elle me l'a envoyé il y a des heures… Des heures ! Me faisant l'effet d'être le dernier des connards, je manque de tomber en sautant du lit. Je fourre mon téléphone dans ma poche arrière et j'attrape mes clés sur la commode. Je devrais lui renvoyer un message, mais ça prendrait trop de temps et j'ai un besoin irrépressible de la voir. Je l'ai laissée attendre des heures.

Je ne supporte pas l'idée de la décevoir.

Je sors de mon appartement et me mets à courir sous la pluie battante. Je grimpe dans mon pick-up et démarre en trombe. Les rues sont presque désertes. Je dépasse quelques voitures, mais je n'arrive à penser qu'à Fable. J'aurais peut-être dû l'appeler. Et si elle avait des ennuis ? Et si elle avait vraiment besoin de moi ? Et si je l'avais laissée tomber ?

Après être arrivé sur le parking de sa résidence en un temps record, je me rue hors de la voiture et cours jusqu'à sa porte. Je me rappelle le numéro de l'appartement parce que je suis venu la chercher devant il y a une semaine.

Je n'arrive pas à croire que je connais cette fille depuis seulement sept jours. Elle est devenue ma raison de vivre. Et, avec mes problèmes, je suis probablement devenu son pire cauchemar.

Je gravis quatre à quatre les marches en béton qui mènent à son appartement situé au premier étage, faisant résonner la rambarde en métal, et je tambourine à sa porte, à bout de souffle, le visage ruisselant de pluie.

De longues minutes passent et je frappe de nouveau. Et si elle n'était pas là ? Merde ! J'aurais vraiment dû l'appeler avant. Je sors mon téléphone et m'apprête à composer le numéro quand la porte s'entrouvre, bloquée par la chaîne de sécurité.

Je sens le soulagement me gagner et mes genoux tremblent. C'est Fable. Elle regarde par l'entrebâillement, vêtue uniquement d'un long tee-shirt bien trop grand pour elle. Tout ce que je vois, ce sont ses longues jambes galbées et ses cheveux blonds en pagaille.

Mon corps réagit instantanément.
Elle demande d'une voix froide et étouffée :
— Qu'est-ce que tu fais ici ?
— J'ai eu ton message.
Je me passe la main sur le visage en essuyant les gouttes de pluie.
— Tu as deux heures de retard.
Elle s'apprête à fermer la porte, mais je coince mon pied dans l'ouverture pour l'en empêcher.
— Va-t'en, Drew.
— Fable, écoute-moi. Je me suis endormi. J'ai dormi des heures. Je me suis réveillé il y a à peine un quart d'heure et, à la seconde où j'ai vu ton message, j'ai sauté dans mon pick-up et j'ai foncé jusqu'ici.
J'écarte les bras.
— Regarde-moi. J'ai couru sous la pluie sur mon parking et le tien pour venir te rejoindre.
— Et alors ?
Son ton cassant m'exaspère. Fable joue de nouveau les dures et je n'aime pas ça, même si je l'ai probablement mérité.
— S'il te plaît, insisté-je en me grattant la nuque. Dis-moi simplement si tu vas bien. Est-ce que tout s'est arrangé avec ta mère et ton frère ? Pas d'urgence, rien ?
Elle fronce les sourcils.
— Pas de problème, tout va bien.
— Je suis rassuré.
Mon cœur se relâche un peu et je me frotte la poitrine, reconnaissant de voir qu'elle va bien.

— Si tu ne veux pas de moi ici, je comprends. C'est juste que... après avoir vu ton texto, il fallait que je m'assure que tu allais bien.

Je retire mon pied pour qu'elle puisse fermer la porte et je me retourne, prêt à m'en aller, quand j'entends sa voix :

— Drew... Attends !

Je me retourne lentement et je m'aperçois qu'elle a ouvert la porte en grand, ce qui me permet de la voir tout entière. Elle est tellement belle ! Son visage n'est pas maquillé. Son regard est empreint de méfiance et sa magnifique chevelure ondule en boucles qui lui tombent juste sous les épaules. Le tee-shirt ne permet que de deviner ses courbes, mais je sais exactement ce qu'il y a en dessous et les doigts me démangent de lui enlever.

— Oui ?

Ma voix se brise et je m'éclaircis la gorge. Je devrais me tenir loin d'elle. La garder près de moi, c'est l'attirer dans mon monde de catastrophes et elle a assez de problèmes comme ça. Elle n'a pas besoin des miens pour foutre en l'air sa vie.

— Est-ce que tu pourrais... Est-ce que tu veux entrer et passer un moment avec moi ?

Mon cœur s'arrête et je fais un pas en avant, prêt à sauter sur l'occasion. Malgré les avertissements qui résonnent dans ma tête, malgré le fait que je ne sois pas assez bien pour elle, je n'ai pas envie de m'en aller.

Je ne peux pas la rejeter. Je suis trop attiré par elle. Il faut qu'elle soit à moi. Au moins une fois avant de m'éloigner pour de bon. Ce serait dans son intérêt que je reste en dehors de sa vie, même si j'ai terriblement envie d'elle. Mais je suis égoïste. Je veux qu'elle reste avec moi.

Pour toujours.

Je demande sur un ton désinvolte :

— Où est ta mère ?

— Avec son copain.

— Et ton frère ?

Je me mords la lèvre inférieure. Je suis sur le point de faire une bonne action et de m'éloigner d'elle.

Mais je rêve de la pousser à l'intérieur pour lui arracher son tee-shirt. Elle pourrait être nue sous mon corps en quelques secondes.

— Il passe la nuit chez un ami.

Elle ouvre encore un peu la porte, m'invitant clairement à entrer.

— S'il te plaît, Drew. Entre. Il pleut.

Elle a raison. Je sens la pluie ruisseler sur moi. Malgré le petit rebord qui surplombe sa porte d'entrée, je suis trempé. C'est désagréable.

Je demande à voix basse :

— Tu es sûre que tu veux de moi ?

Il y a un double sens à cette phrase. J'espère qu'elle le comprend.

Fable hoche la tête doucement et un petit sourire se dessine sur ses lèvres.

— C'est toi que je veux, oui.

Sans un mot, j'entre dans l'appartement et passe devant elle. Elle ferme la porte, tourne le verrou et je me retourne vers elle.

Je glisse mes bras autour de sa taille et l'attire à moi. J'ai besoin de sentir son corps contre le mien le plus vite possible.

Sans que je m'y attende, elle se jette sur moi. Ses bras s'enroulent autour de mon cou et ses jambes autour de ma taille. Je l'attrape pour la maintenir contre moi et mes mains agrippent ses fesses. Elle porte une culotte vaporeuse, si fine que je sens sa peau tiède et malléable et je pousse un grognement de plaisir tandis qu'elle presse sa bouche contre la mienne.

On a fait l'amour il y a seulement quelques heures. J'étais encore en elle ce matin. Mais j'ai l'impression de ne pas l'avoir vue depuis des semaines. Des mois, même. On s'embrasse farouchement. Ses mains sont enfouies dans mes cheveux et elle m'embrasse à pleine bouche pendant que je trébuche dans le salon avant de m'écrouler sur son canapé, son corps toujours lové autour du mien. Elle tire sur mon sweat-shirt. J'enlève son tee-shirt et je gagne le premier round. Je fais glisser le long de son corps ce vêtement trop ample.

Elle est entièrement nue, à part sa culotte qui ne couvre pas grand-chose. J'ai une érection impressionnante et je l'observe avec concupiscence, incapable de me concentrer sur un seul endroit de son corps. Elle est sublime. Infiniment sensuelle.

Et tout à moi.

Elle se rapproche, soulevant son corps légèrement de manière à ce que ses seins se retrouvent au niveau de mon visage. Elle me provoque, avec ses mamelons rose pâle si proches de ma bouche. Je me mets à les lécher avidement, faisant tourner ma langue sur son aréole. Elle gémit en bougeant les hanches.

Ses mains agrippent fermement mes cheveux. Je glisse une main sous sa culotte pour caresser son sexe humide.

—Oh ! Drew !

Elle est essoufflée en prononçant mon nom et se cabre de plaisir tandis que je continue à la caresser. Ça n'a rien à voir avec hier soir, quand on prenait notre temps pour explorer le corps de l'autre.

À présent, je bouge frénétiquement et perds presque le contrôle. J'ai besoin de la faire jouir. Elle remue son bassin et se frotte contre mes doigts que j'enfouis profondément en elle. Son regard est rivé au mien et elle ouvre la bouche. Elle laisse échapper un soupir chevrotant et elle jouit, d'un seul coup.

Je sens la fierté m'envahir en la regardant. Une pensée digne d'un connard arrogant, mais c'est vraiment excitant, la facilité avec laquelle j'ai fait jouir ma petite amie.

Je finis par la porter dans sa chambre minuscule. Elle rit en me voyant me cogner contre les meubles dans l'obscurité, et je la laisse tomber sur le lit. Son rire m'enveloppe. Elle a l'air tellement heureuse, tellement insouciante… L'espace d'un instant, je parviens à faire semblant de ressentir la même chose.

—Déshabille-toi, me murmure-t-elle d'un ton empressé qui m'excite.

Elle saisit mon jean pour défaire le bouton et la fermeture Éclair d'un geste rapide. Elle ouvre mon pantalon et glisse sa main à l'intérieur, ses doigts caressant le devant de mon boxer et je m'écarte d'elle d'un coup, ravalant le grognement de plaisir qui menace de m'échapper.

Si elle continue à me toucher comme ça, je vais exploser.

En me débarrassant de mes vêtements, je prends l'unique préservatif que j'ai fourré ce matin dans mon portefeuille qui se trouve dans la poche arrière de mon jean et je m'étends sur le lit avec elle, l'attirant contre moi. Elle sent bon et sa peau chaude et soyeuse me donne envie de plonger en elle.

—Laisse-moi faire, murmure-t-elle, m'ôtant le préservatif des mains pour déchirer l'emballage.

Elle tend la main et ses longs doigts s'enroulent autour de mon sexe en érection. Je me mets sur le dos et ferme les yeux, submergé par la sensation que ses doigts provoquent en moi tandis qu'elle se met à me caresser doucement, déroulant le préservatif avec un air mutin. Un frisson parcourt mon corps tout entier.

—Je veux être sur toi, dit-elle dans un murmure.

Je me fige instantanément.

Adèle… Elle voulait toujours être sur moi. Ça ne m'a pas dérangé de tenir Fable sur mes genoux quand on a fait l'amour, mais qu'elle me chevauche… Je ne sais pas si je peux le faire.

—Drew.

Elle touche ma joue, ce qui me fait sursauter, et mes yeux rencontrent les siens. Même dans l'obscurité, je les vois qui brillent d'émotion. Cette fille… Je veux toujours qu'elle soit à moi, mais ce qu'on s'est dit, on se l'est dit hier soir. Avant que je sache à quel point Adèle m'avait trahi. À quel point elle avait trahi la confiance de notre famille.

Je ne peux pas infliger à Fable le bordel qu'est ma vie. Je ne peux… merde.

Je ne peux pas faire ça.

—J'étais en train de te perdre.

Elle sourit, répétant les mêmes mots que je lui ai dits hier soir. J'appuie la joue contre sa paume et tourne mon visage pour pouvoir l'embrasser.

—Laisse-moi t'aider à effacer ces mauvais souvenirs, Drew. S'il te plaît?

—Je...

Je n'arrive pas à exprimer avec des mots à quel point ça pourrait me foutre en l'air. Pas parce que je suis avec elle. Il n'y a nulle part où je préférerais être. Mais j'ai peur de me laisser rattraper par mon passé et de faire quelque chose de stupide.

Comme la repousser. Paniquer. Péter complètement les plombs.

Elle t'a déjà vu faire ça. Et elle est encore là. Laisse-lui au moins une chance.

En tendant le bras vers elle, je la fais monter sur moi, ses jambes autour de mes hanches.

—D'accord, je murmure en la tenant par la taille, mes doigts s'enfonçant dans sa peau.

FABLE

Le moment de calme que je passe avec Drew dans le capharnaüm qui me sert de chambre est très important.

C'est peut-être le moment le plus important qu'on ait vécu ensemble, du moins à mes yeux.

J'essaie de l'aider à reprendre le contrôle de sa vie, à oublier le passé et ce qu'Adèle – le simple fait de penser à elle me donne la nausée – lui a fait. Je refuse l'idée que cette femme ait encore une emprise sur lui après toutes ces années. Elle n'est pas si forte. Je ne la laisserai pas faire.

Sans cesser de regarder Drew dans les yeux, je descends sur lui et un petit soupir m'échappe tandis qu'il pénètre lentement en moi. Chaque fois que nos corps se touchent, des frissons courent sur ma peau et je n'arrive pas à croire que ça arrive encore. Lui. Moi.

Ensemble.

Ses mains sont serrées autour de ma taille et je me penche en avant, effleurant sa bouche de mes lèvres. Nos yeux sont toujours ouverts tandis qu'on se met à bouger et je saisis ses épaules musculeuses en soulevant mes hanches et en abaissant mon bassin pour qu'il pénètre plus profondément en moi. Toujours plus profondément. Jusqu'à ce qu'il me comble. Puis je me laisse aller complètement.

— C'est bon de te sentir, murmure-t-il en se balançant de haut en bas.

— Regarde-moi.

Je ne veux pas qu'il détourne le regard. Il faut qu'il l'efface complètement de sa mémoire et qu'il se concentre sur moi.

Et sur lui. Sur nous deux. Ensemble.

J'ai déjà joui une fois. J'avais tellement envie de lui. J'étais tellement impatiente, tellement prête quand j'ai compris qu'il était venu me sauver, après tout, qu'il n'a pas fallu beaucoup de mouvements de ses doigts pour me mener à l'extase presque immédiatement. Cet orgasme m'a un peu rassasiée, mais j'aurais tort de croire que ça va durer.

J'ai toujours envie de lui. Ça ne s'arrête jamais.

Et c'est toujours comme ça entre nous. On jouit à l'unisson et on… fusionne. C'est si simple, si beau. Est-ce qu'il est conscient de l'effet qu'il me fait ? Est-ce qu'il se rend compte qu'il tient mon cœur entre ses mains ? Je lui appartiens complètement, comme il l'a dit hier soir. Les révélations d'Adèle n'ont plus aucune importance. Je veux être là pour lui. Le consoler, le guérir. Je veux être sa partenaire sur tous les fronts.

Si seulement il me laisse faire…

En quelques instants, on est complètement absorbés l'un par l'autre. Notre peau est moite de sueur et on glisse en frottant nos corps l'un contre l'autre, sur un rythme parfait. Les sensations que me procure mon deuxième orgasme menacent de me faire perdre la tête à chaque secousse. J'observe ses yeux. Je vois le désespoir, la frénésie qui voile leur profondeur bleutée et je devine qu'il est sur le point de jouir.

— Dis mon nom, murmuré-je parce que j'ai besoin qu'il sache exactement avec qui il est.

— Fable.

Je me soulève, pose mes mains contre sa poitrine dure comme le roc et me mets à le chevaucher.

— Dis-le encore, dis-je en fermant les yeux un court instant, submergée de plaisir.

— Fable. Mon Dieu ! Je vais…

Il se cabre et perd complètement le contrôle. J'ouvre les yeux et le vois frissonner sous mon corps. Tout au long de l'orgasme, il me regarde dans les yeux sans jamais rompre le contact, et c'est le moment le plus intime que j'aie connu avec une autre personne.

En retombant sur lui, j'enveloppe son corps avec le mien, appréciant la manière dont nos peaux tièdes sont pressées l'une contre l'autre. J'ai la tête posée sur sa poitrine et j'entends son cœur cogner contre mon oreille. Mes yeux se ferment d'eux-mêmes quand il fait glisser sa main le long de mon dos pour me bercer, pour m'apaiser.

— Merci, dit-il dans un soupir.

Je me blottis contre lui, cherchant à rester collée à son corps.

— Pour quoi ?

J'ai besoin qu'il me le dise.

— Pour m'avoir aidé à l'effacer de ma mémoire.

Il joue avec mes cheveux et je lève la tête pour croiser son regard.

— Ça a marché.

Je souris langoureusement, soudain épuisée.

— C'est vrai ?

— Oui.

Il presse gentiment mes fesses de son autre main.

— J'ai besoin de me lever une minute. Où est ta salle de bains ?

Je le lui dis et le regarde descendre du lit, son corps nu si beau que ma poitrine m'oppresse. Il va dans la salle de bains, jette le préservatif et, quelques secondes plus tard, il est de retour dans mon lit. Je tire la couverture sur nous et pose la tête sur son épaule, le bras passé sur son ventre.

—Tu restes ?
—Oui.

Il n'ajoute pas un mot et moi non plus. Je n'en suis pas capable. Je suis tellement fatiguée et c'est si agréable de m'endormir dans les bras de Drew. Je me sens vraiment bien. Je m'endors d'un sommeil de plomb, comme la nuit dernière.

Drew Callahan est aussi addictif que n'importe quel somnifère.

Quand je me réveille le lendemain matin...

Il n'est plus là.

Chapitre 17

Nouvelle semaine, nouvelle vie

Fable

Chère Fable,

Mon pire ennemi, grâce à toi, m'a laissé en paix.
Autour de moi, il y a encore beaucoup de choses à expliquer.
Rien d'autre ne m'occupe à présent que ta personne.
Sache que beaucoup de choses me perturbent et me Hantent... mais pas toi.
Mon souhait serait de pouvoir un jour être avec toi,
Avoir ce que je désire le plus au monde. Mais aujourd'hui, je n'en suis pas capable.
Laisser derrière moi tes yeux est la chose la plus difficile que j'aie faite.

Lier mon cœur au tien est peut-être une erreur, comme te faire entrer dans ma vie,
Où chaque chose pourrait te blesser. Et cela, je le refuse.
Walkyrie protectrice, me pardonneras-tu un jour ?

Je t'aime,
Drew

Je sens des larmes ruisseler comme des gouttes de pluie sur la lettre que Drew m'a laissée, faisant couler l'encre de ses mots écrits à la hâte, et je m'essuie les joues pour les faire disparaître. J'examine attentivement la note, essayant de comprendre. Pourquoi est-ce qu'il me quitterait ? Pourquoi ?

Puis je relis lentement la lettre. Mon cœur se met à battre plus fort en parcourant les lignes inégales qu'il a tracées pour moi et la première lettre de chaque vers me saute aux yeux. Je suis la première ligne de mon index et les prononce à haute voix.

— M-A-R-S-H-M-A-L-L-O-W.

Mon cœur menace d'imploser et je tiens la feuille serrée contre ma poitrine. Son message secret me remplit d'espoir et d'amour. Je me remets à pleurer. Mais ces larmes n'ont rien de triste. Drew me repousse, mais il veut que je le sauve. Sa lettre le prouve. Mais comment est-ce que je peux voler à son secours s'il ne me laisse pas faire ?

Je sens la détermination monter en moi en repliant le morceau de papier que j'ai trouvé sur ma table de nuit.

J'ouvre le tiroir supérieur de ma commode et place la lettre sous une pile de sous-vêtements pliés avant de le refermer doucement.

Je m'essuie les yeux et je me regarde dans le miroir. J'ai l'air différente. Plus vieille, plus mûre. Moins méfiante, moins… malheureuse. Mis à part le fait que l'homme dont je suis tombée désespérément amoureuse m'a quitté en me laissant une satanée lettre, dont les mots magnifiques m'ont fait voler le cœur en éclats et verser assez de larmes pour remplir l'évier de la cuisine, je suis heureuse, vraiment.

Parce que je sais qu'Andrew D. Callahan m'aime.

Achevé d'imprimer en mars 2014
N° d'impression 1312.080
Dépôt légal, avril 2014
Imprimé en France
81121175-1